初學記卷第三

歲時部　　錫山安國校刊

春第一

敘事

禮記月令曰孟春之月日在虛昏昴中曉心中（孟長也日月之行一歲十二會觀斗所建命其四時孟春日月會於娵訾而斗建寅）其日甲乙其帝大皞其神句芒（鄭玄曰此蒼精之君木官之臣自古以來著德立功者大皞宓羲也句芒少皞氏之子曰重爲木官）律中大蔟（倉豆反律候氣之管以銅爲之中猶應也高誘注曰万物動生蔟地而出故曰大蔟）東風解凍蟄蟲始振（振動也）魚上冰獺祭魚鴻鴈來（此皆記時候）天氣下降地氣上騰天地和同草木萌動（此陽氣蒸運可耕之候）夏小正曰正月啓蟄雉震呴（呴古雊字古豆反呴者鳴也震者鼓其翼也）時有浚風（浚者大風南風）滌凍塗（滌者变也变而暖也）田鼠出（田鼠嗛鼠也慊[redacted]簟反）農及雪澤采芸（音黿芸似邪蒿可食）柳稊（苦兮反稊者發孚也）梅杏杝（斯）桃則華（杝桃山桃）月令曰仲春之月日在營室昏東井中曉箕中（仲中也仲春者日月會於降婁而斗建卯）律中夾鍾（高誘曰是月万物去陰而生故候管者中夾鍾）始雨水桃始華倉庚鳴（倉庚黃鸝也）鷹化爲鳩玄鳥至（玄鳥燕也）日夜分雷始發聲始電蟄蟲咸動夏小正曰二

月祭鮪鮪之至其時美采芑芑音杞蘧也降燕乃睇降下也燕一名玄鳥齊人呼乙睇眄也眄者視可爲室淮南子曰二月之夕女夷鼓歌以司天和女夷神名月令曰季春之月日在婁昏柳中曉南斗中季少也季春日月會於大梁而斗建辰律中姑洗高誘注曰姑故也洗新也是月陽氣發故去故就新桐始華田鼠化爲鴽虹始見萍始生螮蝀謂之虹蓱萍也生氣方盛陽氣發泄勾者畢出萌者盡達屈而生者曰勾芒而直者曰萌夏小正曰三月參則伏參星伏不見斛則鳴㲉天螻也爾雅注云天螻螻蛄頒冰分冰以授大夫拂桐葩桐葩始生貌拂拂然周書時訓曰三月鳴鳩拂羽戴勝降于桑拂羽以羽相擊

戴勝促織絍之鳥一名戴鵀鵀音而鴆反梁元帝纂要曰春曰青陽氣清而溫陽亦曰發生芳春青春陽春三春九春天曰蒼天萬物蒼蒼而生風曰陽風春風暄風柔風惠風景曰媚景和景韶景時曰良時嘉時芳時辰曰良辰嘉辰芳辰節曰華節芳節良節嘉節韶節淑節草曰弱草芳草芳卉木曰華木華樹芳林芳樹林曰茂林鳥曰陽鳥時鳥陽禽候鳥時禽好鳥好禽正月孟春亦曰孟陽孟陬音鄒上春初春開春發春獻春首春首歲初歲開歲發歲獻歲肇歲芳

歲華歲二月仲春亦曰仲陽三月季春亦曰暮春末春晩春

事對

蒼精 青祇 張協雜詩曰太皞啓東節春郊禮青祇蒼精見叙事注

參伏 祥正 大戴禮曰三月參則伏不見國語曰農祥晨正唐固注曰農祥房星也晨正謂晨見南方謂立春之日

穀雨 條風 孝經緯曰周天王衡六問曰立春後十五日斗指寅爲雨水十五日指甲爲驚蟄後十五日指乙爲清明後十五日指辰爲穀雨易通卦驗曰立春條風至宋均注曰條風者條達万物之風

遲日 和風 毛詩曰春日遲遲采蘩祁祁鄭注曰遲遲舒緩也陸士衡樂府詩曰游客芳春林春芳傷客心和風飛清響鮮雲垂薄陰

淑景 鮮雲 李顒悲四時詩曰舒朗景之淑鮮鮮雲事已見和風注中

九陽 三節 傅玄陽春賦生氣方盛九陽奮發又樂府詩曰穆穆三春節天氣暖且和

倉庚 玄乙 毛詩曰春日載陽有鳴倉庚注曰倉庚黃鸝也蔡邕月令章句曰仲春玄鳥至玄鳥鷰也爾雅曰鷰乙也

拂羽 揮鱗 禮記曰季春之月鳴鳩拂其羽李顒悲四時曰春日悲兮魚揮鱗於巨川

鳴鶬 雊雉 臨海異物志曰鶬鶊一名田鶬三月鳴晝夜不止至當麥子熟鳴乃得止大戴曰正月雉震雊雊鳴也震鼓其翼

玄鳥 蒼龍 呂氏春秋曰仲春之月玄鳥至禮記曰孟春之月天子居青陽左介乘青輅駕蒼龍

降鷰 來鴻 大戴禮二月降鷰降下也禮記孟春之月鴻鴈來

桑鳸 麥雉 蔡邕月令章句曰季春戴鳸降於桑曹植射雉賦曰暮春之月宿麥盈野野雊群雉

化鳩 歸鴈 周禮羅氏仲春獻鳩以養国老鄭玄注曰春鷹化爲鳩變舊爲新宜以養老助生氣禮記曰正月鴻鴈來來歸也北有鴈門故曰歸鴈

玄鷰 黃鸝 並見上玄乙倉庚注

冰渙 雲滋 王廙春可樂曰孟春之月冰泮渙以微流李顒悲四時曰悲陽澤之方宣雲興滋於秀石飈鳴柯於崇山

杏花 菖葉 崔寔四人月令曰清明節令蚕妾理蚕室是月也杏花盛呂氏春秋曰冬至後五旬七日菖者百草之先生也於是始耕高誘注曰

蒿蒲水草 華桂 柔桑 尸子曰春華秋英其名曰桂 毛詩曰春日載陽爰求柔桑 蘭徑
柳衢 楚辭曰獻歲發春兮汩吾南征蘭皐被徑兮 斯路漸榮 謝惠連三日詩曰弱柳蔭脩衢 青蘋
綠芰 枚乘七發曰淹青蘋遊清風陶陽氣蕩春 心 夏侯湛春可樂曰援若流之綠芰 蓁柳 夭
桃 伍緝之春芳詩曰桃柳發蓁榮丹綠 繁郊邑 毛詩曰桃之夭夭灼灼其華 布德 論功 禮記
曰立春之月天子迎春於東郊布德和令行慶施惠下 及兆民 大戴禮曰古者天子孟春論吏之德行功能 効功
論賞 禮記曰季春之月蚕事既登分繭稱絲効功以供 宗廟之服 管子曰孟春之朝君自聽朝論爵賞 帝
藉 神禖 禮記曰孟春之月天子躬耕帝藉蔡邕曰天子藉 田千畝以供上帝之粢盛借人力以成其功故曰
帝藉 呂氏春秋曰仲春之月玄鳥至之 日以太牢祠于高禖蔡邕曰高禖神名也 獻羔 祭鮪 禮記
曰仲春之月天子乃獻羔開冰先薦寢廟 大戴禮曰二月祭鮪鮪者魚之先至者 祈麥 薦韭 禮記

曰季春之月天子乃爲麥祈實鄭玄注曰於含秀求其 成也崔寔四民月令二月祠太社之日薦韭卵于祖禰 徇鐸
載耜 尚書曰每歲孟春遒人以木鐸徇于路注云遒人宣 令之官木鐸金鈴木舌所以振文教也禮記曰孟春
之月擇元辰天子親載耒耜帥 三公九卿諸侯大夫躬耕藉田 禁火 啓冰 周禮曰司烜 氏掌仲春以
木鐸以脩火禁蔡邕月令章句 曰仲春之月天子獻羔開冰 條桑 採艾 毛詩曰蚕月 條桑鄭玄曰
條桑支落其葉 崔寔四 民月令曰三月可採艾耳 花蓋 葉幄 夏侯湛春可樂曰 春可樂兮綴雜花
以爲蓋集繁蕤以飾裳 葉幄冪下 謝萬春賦 綠野 青逵 謝靈運入彭蠡口詩 曰春晚綠野秀巖高
白雲屯 劉臻妻獻春頌曰玄陸降 坎青逵升震陰祇送冬陽靈迎春 浴沂 禊洛 論語曰 暮春者
春服既成冠者五六人童子六七人浴乎沂風乎舞雩詠而歸 蔡邕禊文曰洋洋暮春厥月除巳尊卑煙騖惟女與士自求百
福在洛 之涘 榆莢雨 桃花水 氾勝之書曰三月榆莢雨高地 強土可種禾韓詩章句曰溱與

洧方渙渙兮謂三月桃花水下時鄭国之俗
三月上巳此水招魂續魄祓除不祥之故也 賦 晉傅玄陽
春賦 乾坤絪縕冲氣穆清幽蟄既動万物樂生依依楊柳翩
翩浮浮桃之夭夭灼灼其榮繁華燁而曜野兮煒分葩而
揚英鶬鶊營巢於高樹兮鸎銜泥於廣庭覩戴勝之止桑
兮聆布穀之晨鳴樂仁化之普宴兮異鷹隼之变形 晉謝
萬春遊賦 青陽司候勾芒御辰陳潦灌以摧枯初莖蔚其曜
新冪豐葉而為幄靡翠草而成絪於是遠嘯良儔
近命嘉賓奏羽觴而交獻羅絲竹以並陳詠新服之瓘璨想舞
雩之遺讚撫鳴琴而懷古登脩臺而樂春爾乃碧巘增邃灌木
結陰軽[illegible]雲曖曖以幕 晉湛方生懷春賦 鴻飄翩於歸風鸎
蚍和[illegible]冷而啓衿 銜泥而來征鶬鳥
感仁[illegible]性鶗鴂秉化而变聲麥芃芃而含秀 宋劉義恭
桑鵲[illegible]數榮華照灼以爛林葉婀娜以媚莖
感春賦 聽時禽之髴音信閔閔以嚶嚶悲陽鴻之赴朔憐春
鷰之入檻天曖曖而流雲日陰翳而淪精風淑穆而
吹蘭雨濛濛而洗莖草承 梁簡文帝晚春賦 待餘春於
澤而擢秀花順氣而飛馨 北閣籍高

讌於南陂水飾空而照底風入樹而香枝嗟時序之迴斡歎物
候之推移望初篁之傍嶺愛新荷之發池石憑波而倒植林隱
日而横垂見遊魚之戲藻聽鶯鳥之鳴雌樹臨流而 梁孝元
影動岩薄暮而雲披既浪激而沙游亦苔生而徑危
帝春賦 洛陽小苑之西長安大道之東苔染池而盡綠 隋
桃含山而併紅露霑枝而重葉網縈花而曳風
庾信春賦 宜春苑中春已歸披香殿裏作春衣新年鳥聲千
種囀二月楊花滿路飛河陽一縣併是花金谷從
來滿園樹一叢香草足礙人數尺遊絲即横路開上林而競入
擁河橋而爭渡出麗華之金屋下飛鸎之蘭宮釵朶多而訝重
髻鬟高而畏風眉將柳而爭緑面共桃而競紅影來池裏花落
衫中吹簫弄玉之臺鳴珮凌波之水移戚里而家富入新豐而
酒美苔始綠而藏 隋蕭慤春賦 落花无限數飛鳥排花度
魚麥纔青而覆雉 禁苑至饒風吹花春滿路
岸前片石迴如樓水裏連沙聚作洲二月鶯聲纔欲斷三月春
風已復流分流繞小渡塹水還相注山頭望水雲水底看山樹
舞餘香尚存歌盡聲猶住 詩 唐太宗首春詩 寒隨窮律
麥隴一驚翬菱潭兩飛鷺 变春逐鳥

聲開初風飄帶柳曉雪間花梅碧林青舊竹緑沼翠新苔芝田初鴈去綺樹末鸎來

南齊虞羲春郊詩

風遲蝶弄藹景麗鳥和春樵歌喧隴暮漁棹亂江晨山中芳杜若依依獨思人

南齊王儉春夕詩

露華方照歲雲彩復經春虛閨稍疊草幽帳日凝塵

又春詩

蘭生已匝苑萍開欲半池輕風搖雜藹細雨亂叢枝

又日

風光承露照霧色點蘭暉青荑結翠藻黄鳥弄春飛

梁簡文帝春日想上林詩

春風本自奇楊柳最相宜柳條恒著地楊花好上吹處處春心動常惜光陰移

又晚春詩

紫蘭葉初滿黄鶯弄不稀石蹲還似獸蘿長更加衣水曲文魚聚林暝鴉鳥飛渚蒲変新節嵓桐長舊圍風花落未已山窓開夜扉

梁孝元帝春日詩

新鶯隱葉囀新燕向窓飛柳絮時依酒梅花乍入衣玉珂逐風度金鞍照日暉无令春色晚獨望行人歸

又望春詩

葉濃知柳密花盡覺梅踈蘭生未可握蒲小不堪書

梁沈約傷春賦

弱艸半抽黄輕條未全緑年芳被禁籞煙華繞曾曲寒苔卷復舒冬泉斷方續早花散凝金初露泫成玉

又初春詩

扶道覔陽春相將共携手艸色猶自非林中都未有无事逐梅花空教信楊柳且復歸去來含情寄杯酒

梁鮑泉奉和湘東王春日詩

新鶯始新歸新蝶復新飛新花新蒲樹新月麗新暉新光新氣早新望新盈抱新水新緑浮新禽新聽好新景自新還新葉復新攀新枝新可結新愁詎解顏新思獨氛氳新知不可聞新扇如新月新蓋學新雲新落連珠淚新點石榴裙

梁聞人蒨春日詩

高臺動春色清池映日華緑葵向光轉翠柳逐風斜林有鳴心鳥園多奪目花相弟咸知節數子獨離家

周庾信詠春詩

昨夜鳥聲春驚鳴動四鄰今朝梅樹下定有折花人

周宗懍春望詩

日暮春臺傍徙倚愛餘光都尉新移棗司空始種楊一枝猶桂馥十步有蘭香望望无萱艸忘憂竟不忘

又早春詩

昨嗔春風起今朝春氣來鶯鳴一兩囀花樹數重開散粉成初蝶剪綵作新梅遊客傷千里无暇上高臺

陳張正見春初賦得池應教詩

遥天收密雨高閣映奔曦雪盡青山路冰

銷渌水池春光落雲葉花影發晴枝琴樽奉終宴風月豈云疲 隋煬帝晚春詩 洛陽春稍晚四望滿

春輝楊葉行將暗柂花落未稀窺簷鸎爭入穿林鳥亂飛唯當関塞者溽露方沾衣 隋陽休之春日

詩 遲遲暮春日藹藹春光上柔露洗金盤輕絲綴珠網漸看階蓂蔓稍覺池蓮長蝴蝶映花飛楚雀緣條響 隋

蕭慤春晚庭望詩 春庭聊縱望楼臺自相隠㥸梅落晚花池竹開初筍泉鳴知水急雲來覺

山近不愁花不飛到畏花飛盡 隋江揔春詩 水苔宜溜色山櫻助落暉浴鳥沉還戲飄花度不歸 陳

叔達春首詩 雪花聯玉樹冰彩散瑶池翔禽遥出没積翠遠參差 又早春桂林

殿應詔詩 金鋪照春色玉律動年華朱楼雲似蓋丹桂雪如花水岸銜階轉風條出柳斜輕輿臨太液湛露酌

流霞 虞世南春夜詩 春苑月裴徊竹堂侵夜開驚鳥排林度風花隔水來 楊師道春

朝閑步詩 [redacted]沐乗閑豫清晨歩北林池塘藉芳艸蘭芷襲幽衿霧中分曉日花裏弄春禽野逕香恒滿山階筍

屢侵何須命輕盖柂李自成陰 上官儀奉和初春詩 歩輦出披香清歒臨太液曉樹

流鸎滿春堤芳艸積風色翻露文雪花上空碧花蝶來未已山光暧將夕 元萬頃奉和春日

池臺詩 日影飛花殿風文積艸池鳳楼通夜敞虬輦望春移 又奉和春日詩 花輕

蝶亂仙人杏葉密鸎喧帝女桑飛雲閣上春應至明月楼中夜未央 又曰 鳳輦迎風乗紫閣鸞車避日轉彤闈中塘

促管奄春望後殿清歌開夜扉

夏第二

叙事 禮記月令曰孟夏之月日在昴昏翼中曉牽牛中 鄭玄注曰孟夏者日月會於實沉而斗建巳之辰 其日丙丁 丙之言炳也万物皆炳然著見而强大 其帝炎帝其神祝融 此赤精之君火官之臣炎帝大庭氏也祝融顓頊氏之子曰黎爲火官正者 律中仲呂 高誘注曰陽散在外陰實在中所以旅陽

成功故曰仲呂也螻蟈鳴蚯蚓出王瓜生苦菜秀螻蝈蛙也王瓜萆挈也高誘曰螻蝈蝦蟆也萆蒲結反靡草死麥秋至斷薄刑決小罪靡草薺葶藶之屬夏小正曰四月昴則見昴星名易通卦驗曰立夏清風至而暑鵲鳴博穀飛電見龍升天龍心星名月令曰仲夏之月日在參昏角中曉危中鄭玄注曰仲夏者日月會於鶉首而斗建午之辰律中蕤賓高誘曰是月陰氣萎蕤在下象主人陽氣在上象賓客小暑至螗蜋生鵙始鳴反舌無聲螗蜋螵蛸母也鵙伯勞也反舌百舌鳥高誘曰螗蜋代謂之天馬一名齕疣究豫謂之巨斧是月陰作於下陽散於上伯勞夏至後應陰而殺蛇乃磔之棘上而始鳴也反舌百舌也变易其聲倣百鳥之鳴故謂之百舌也鹿角解蟬始鳴

半夏生木槿榮木槿玉蒸也名蕣一名櫬夏小正五月參見則蜋蜩鳴蜋蜩者五彩具初昏大火中大火心星尚書曰日永星火以正仲夏永長也謂夏至之日也火蒼龍之中星舉中則七星見可知也鳥獸希革時毛羽希少改易革改也月令曰季夏之月日在東井昏氐中曉東壁中鄭玄曰季夏者日月會於鶉火而斗建未之辰律中林鍾温風至蟋蟀居壁按爾雅曰蟋蟀蛬劉劭注云謂蜊蜻也孫炎云梁国謂之蛬郭璞云今促織也蛬音義或作蛩方言蜻蛚楚謂之蟋蟀似蝗而小正黒有光澤如漆有角翅一名蛬一名蜻蛚幽州人謂之促織鷹乃學習鷹學習謂攫搏腐草化為螢螢飛虫螢火也梁元帝纂要曰夏曰朱明氣赤而光明亦曰長嬴以征反朱夏炎夏三夏九

夏天曰昊天言氣浩汗風曰炎風節曰炎節草曰茂
草雜草木曰蔚林茂林密樹茂樹孟夏亦曰維
夏首夏季夏亦曰徂暑徂往也言暑始往**事對**龍見 鶉
棲尚書曰日永星火以正仲夏注曰火蒼龍之中星也左傳曰龍見而雩注云龍見建巳之月蒼龍七宿之躰昏見東
方張衡應問曰溽暑至而鶉火棲寒冰沍而黿鼉蟄麥秋 梅雨禮記曰孟夏麥秋至斷薄刑蔡
邕月令章句曰百穀各以其初生爲春熟爲秋故麥以孟夏爲秋周處風土記曰梅熟時雨謂之梅雨翔鶪
鳴蟬禮記仲夏之月鶪始鳴李顒羡夏篇曰喇喇林蜩鳴翩翩鳴鶪翔易通卦驗曰夏至景風至蟬始鳴螗蜋生
榮槿 秀蔓禮記仲夏木槿榮毛詩曰四月秀蔓注云不榮而實曰秀蔓草也草滋
木蔚曹植古樂府艷歌行曰夏節純和天清涼百艸滋殖舒蘭芳傅玄述夏賦曰四月維夏運臻正陽鹿角解於中

野艸木蔚其條長素榛 朱李左思蜀都賦曰朱櫻春熟素榛夏成魏文帝與吳質書曰浮甘瓜於
清泉沉朱李於寒冰炎風 熾日陳琳大暑賦曰土潤溽以歊烝時渙汜以溷濁溫風鬱其彤彤譬炎
火之陶燭曹植大暑賦曰帝炎掌節祝融司方維扶桑之高燎熾九日之重光朱輅 赤旗禮記孟夏
之月天子居明堂左介乘朱輅兵書曰夏出兵赤旗在前執戟前行象德 封功范子計然曰德取象
於春夏刑取象於秋冬 京房易占曰夏至离王景風用事人君當爵有德封有功風觀 冰臺潘岳
関中記曰桂宮一名甘泉又作迎風觀寒露臺以避暑陸翽鄴中記曰石季龍於氷井臺藏氷三伏之日以氷賜大臣祭
黍 羞桃皇覽逸禮曰夏則乘赤輅駕赤駵戴赤旗以迎夏於南郊其祭牛黍與雞 禮記曰仲夏之月天子
羞以含桃先薦寢廟均管 頒冰禮記曰仲夏之月命樂修鞀鞞鼓以均琴瑟管簫周禮曰凌人掌夏
頒氷注云暑氣盛以氷頒賜環鑪 交扇桓譚新論曰漢中送王仲都至夏大暑日使暴坐又環以

十鑪火不言熱而身不汗出劉義慶世説曰郤嘉賓三伏之月詣謝公炎暑熏赫雖復當風交扇猶沾汗流離 嘯風

噉露 王粲大暑賦曰仰庭燭而嘯風風既至其如湯氣呼吸以祛和汗雨下而沾裳王度扇上銘曰朱明赫離

光啓𢡖來清風服絺噉雲露躰夷神自融 濯枝雨 飛芒露 周處風土記曰中夏濯枝盪川注云

此節常有大雨名濯枝傅玄夏賦曰和風穆而扇物麥含露而飛芒 黄雀風 丹魚水 周處風土

記仲夏長風扇暑注云此節東南常有風俗名黄雀長風鄭元注水經曰丹水出丹魚先夏至前十夜伺之魚浮水則赤光上

照如火 避暑飲 感涼會 魏文帝典論曰大駕都許使光祿大夫劉松北鎮袁紹軍與紹子弟

日共宴飲常以三伏之際晝夜酣飲極醉至於无知云以避一時之暑故河朔有避暑飲傅咸感涼賦序曰盛夏月困于炎熱

熱甚不過旬日而復自涼以時之涼命親■曲會作賦爾 賦 後漢繁欽暑賦 景暑方往

時惟六月林鍾紀度祝融司節大火颺光炎風酷烈沉陽騰射滯暑散越區寓欝烟物焦人渴煌煌野火熿薄中原翕翕盛熱

蒸我層軒温風淟涊動靜增煩 晉夏侯湛大暑賦 惟青春之謝兮接朱明之季月何太陽之

赫曦乃欝陶以興熱於是大呂統律祝融紀節蒸澤外熈大陰内閉若乃三伏相仍徂暑彤彤上无纖雲下无微風 隋

盧思道納涼賦 祝融司方朱明届序氣乃初伏節惟徂暑積歊蒸於䕩櫳流煩溽於園籞陽風淟其

長扇火雲赫而四舉爾乃警■御按三條擊靈鼉鼓吹鳳簫雲車錯轂麟馬齊鑣入雲宫之嵯峨登仙觀之岧嶤引雄風於洞穴

承清露於丹霄動颼飀於翠帳散霏微於綺寮 詩 唐太宗初夏詩 一朝春夏改隔夜鳥

花遷陰陽深淺葉曉夕重輕煙䴊鸎猶響殿横絲正網天佩高蘭影接綬細草文連碧鱗驚棹側玄鸞舞簷前何必汾陽處始

復有山泉 賦得夏首啓節詩 北闕三春晚南營九夏初黄鸝弄朝变翠林花落餘瀑流還響

谷猿啼自應虚早荷向心卷長楊就影舒此時歡不極調軫坐相□ 齊謝朓夏日詩 麥候始清和涼

雨銷炎燠紅蓮搖弱荇丹藤繞新竹 梁簡文帝和湘東王首夏詩 冷[illegible]

雜細雨垂雲助麥涼竹水俱蔥翠花蝶兩飛翔鸎泥銜復落過吟歛更揚卧石藤爲纜山橋樹作梁欲待華池上明月吐清光

梁蕭子範夏夜獨坐詩 節序遇徂炎玆宵在三伏憑軒竹涼氣中莛倦煩燠寂寞對空牕清踈臨夜竹虫音亂階草螢光繞庭木簾月度斜輝風花起餘馥

梁徐怦夏詩 炎光歌中宇清氣入房櫳晚荷猶卷緑踈蓮又落紅

梁徐晚夏詩 夏景厭房櫳促席翫花叢荷陰斜合翠蓮影對分紅此時避炎熱清樽獨未空

隋庾信夏日應令詩 朱簾捲麗日翠幕蔽重陽五月炎氣蒸三時刻漏長麥隨風裏熟梅逐雨中黄開氷帶井水和粉雜生香衫含蕉葉氣扇動竹花涼早菱生軟角初蓮開細房願陪仙鶴舉洛浦聽笙簧

隋李德林夏日詩 夏景多煩蒸山水暫追涼桐枝覆玉檻荷葉滿銀塘輕扇搖明月珍簟拂流黄壺盛仙客酒瓶貯帝臺漿才人下銅雀侍妓出明光歌聲越齊市舞曲冠平陽微風動羅帶薄汗染紅粧共欣陪宴賞千秋樂未央

隋薛道衡梅夏應教詩 長廊連紫殿細雨應黄梅浮雲半空上清

吹隔池來集鳳桐花散勝龜蓮葉開幸逢爲喜樂頻降食時才

又夏晚詩 流火稍西傾夕影遍曾城高天澄遠色秋氣入蟬聲

隋魏彥琛初夏應詔詩 雖度芳春節物色尚餘華出簾飛小鸎映戶落殘花舞衫飄細縠歌扇掩輕紗蘭房本宜夜不畏日光斜

楊師道和夏日晚景應詔詩 輦路夾垂楊離宮通建章日落橫峯影雲歸起夕涼彫軒動流吹羽蓋息迴塘薙草生還綠殘花踈尚香青嵓類姑射碧澗似汾陽幸屬无爲日歡娛方未央

書

魏文帝與吳質書曰 事已見上朱李注中

秋第三

敘事

禮記月令曰孟秋之月日在張昏尾中曉婁中 鄭玄曰孟秋者日月會於鶉尾而斗建申之辰 其日庚辛 庚之言更也辛之言新也日行秋西從白道成熟万物月爲之佐万物皆肅然改更秀實新成也 其帝少皞其

神蓐收此白精之君金宫之臣少昊金天氏蓐收少皡氏之子曰該爲金官律中夷則高誘曰太陽力衰太陰氣發万萬彫傷應法成性涼風至白露降寒蟬鳴鷹乃祭鳥鷹祭鳥者將食之示有先也仲秋之月日在角昏南斗中曉畢中鄭玄曰仲秋者日月會於壽星而斗建酉之辰律中南呂高誘曰陽氣内藏陰呂於陽任其成功盲風至鴻鴈來玄鳥歸羣鳥養羞盲風疾風也玄鳥鷰也歸謂去蟄也凡鳥隨陽者不以中国爲居羞謂所養日夜分雷乃始收聲蟲坏不裴戶殺氣日衰水始涸坏益也季秋之月日在角昏牽牛中曉東井中鄭玄曰季秋日月會於大火而斗建戌之辰律中無射季秋氣生則无射之律應高誘曰陰氣上升陽氣下降万物隨陽而盛而无射出見者也鴻鴈來賓雀入大水爲蛤菊有黃華豺乃祭獸戮禽來賓言其客止未去大水海也戮殺也霜始降草木黃落前書曰宵中星虛以殷仲秋宵夜也虛玄䲭中星以秋分日見鳥獸毛毨毨理也毛更生整理也蘇蕎反又星殄反淮南子曰七月百蟲蟄伏青女乃出高誘曰青女乃青要玉女司霜雪者以降霜露夏小正曰八月丹鳥羞羞進也白鳥白鳥蚊蚋辰則伏辰房星鴽爲鼠九月内火火大火心星也梁元帝纂要曰秋曰白藏氣白而收藏万物亦曰收成万物成而收斂亦曰三秋九秋素秋素商高商天曰旻天旻愍也愍万物之彫零風曰商風素風淒風高風

涼風激風悲風景曰朗景澄景清景時曰淒辰
霜辰霜辰可施九月節曰素節商節草曰衰草木曰踈
木衰林霜柯霜條七月孟秋首秋上秋肇秋蘭
秋八月仲秋亦曰仲商九月季秋亦曰暮秋末
秋暮商季商杪秋亦曰授衣此時婦功畢始授衣亦曰玄月

事對

火流 土王 毛詩曰七月流火九月授衣易說曰坤西南主立秋京房易占曰立秋坤王涼風用事周易集林曰坤土也

露下 風高 易通卦驗曰立秋涼風至白露下江逌詩曰高風催節變凝霜督物化

蓼風 葭露 蔡邕月令章句曰仲秋白露節盲風至秦人謂蓼風爲盲風毛詩曰蒹葭蒼蒼白露爲霜

凝霧 涼煙 李淑秋情賦曰曳悲泉之凝霧轉絶垠之嚴雲鮑昭遠秋思賦曰秋木兮架浦涼煙兮冒江

勁風 曒月 潘岳秋興賦曰庭樹槭以洒落勁風戾而吹帷湛方生秋夜詩曰夜悠悠而難極月曒曒而停光

收潦 滌氣 楚辭曰悲哉秋之爲氣也泬寥兮天高而氣清寂寥兮收潦而水清李叔秋情賦曰炎都褰埃旻寓滌氣

涼風 淒日 禮記曰涼風至毛詩曰秋日淒淒百卉具腓

長宵 短晷 盧諶詩曰凜凜素秋日促宵長潘岳秋興賦曰何微陽之短晷覺長夜之方永

金帝 玉女 禮記曰孟秋其帝少皞注云少皞金天氏淮南子曰至秋三月青女乃出降霜雪高誘注曰青女乃天神青要玉女主霜雪

凝露 飛霜 曹植秋思賦曰四時更王兮秋氣悲高雲靜兮露凝衣徐質秋賦曰于時招揺西建天高氣清飛霜凝洒悴葉飄零

收溫 滌暑 湛方生秋夜詞曰秋夜清白兮播商氣以收溫扇淒風以革涼李顒悲四時曰秋日兮火流天而滌暑風入林而踈條

珠露、金風 李顒感興賦曰風觸波而文動兮露沾卉而珠凝張協詩曰金風扇素節丹露啓陰期

白帝 青女 [illegible]

日立秋之月天子率三公九卿諸侯大夫以迎秋於西郊鄭玄注曰祭白帝[redacted]招[redacted]西郊以迎秋青女見上玉女注中歸
鷙鳴蜩周書曰白露後五日玄鳥歸又五日寒蜩鳴擊隼化螢漢書曰孫寶爲
京兆尹以立秋日署侯文爲東都督郵入見勑曰今鷹隼始擊當從天氣取姦惡以成嚴霜之誅易通卦驗曰立秋腐艸化爲
螢蟲吟鳥擊蘇彥秋夜長曰時禽鳴於庭柳節虫鳴於戶堂易通卦驗曰秋分鷙鳥擊木
落草衰魏文帝燕歌行曰秋風蕭瑟天氣涼艸木零落露爲霜李陵荅蘇武書曰涼秋九月塞外艸衰露
葉霜條謝惠連詩曰團團滿葉露析析振條風何瑾悲秋曰霜凝條兮璀璀露霤葉兮泠泠落英
隕葉蘇彥秋夜長曰零葉紛其交華落英飄以散芳潘岳秋興賦曰游氣朝興槁葉夕隕九法
五政周礼曰大司馬之職掌建邦国之九法以佐王平邦国仲秋教理兵[redacted]管子曰秋三月以庚辛之日發五政一
政曰禁博賽二政曰无見五兵之刃三政曰慎旅農趨聚收四政曰補缺塞坼修垣墻謹門閭五政曰敬時五穀之皆入也

逆寒迎氣周礼曰籥章掌仲秋擊土鼓吹豳詩以逆寒氣司馬彪續漢書曰立秋之日夜漏未盡五
刻京都百官皆衣白絁皁領緣中衣迎氣於西郊獻裘授几周礼曰司裘掌爲大裘以供王祀天
之服仲秋獻良裘季秋獻功裘礼記曰仲秋之月天子居摠章太廟是月也養衰老授几杖月帳風
帷湯惠休白紵詩曰秋風嫋嫋入曲房羅帳含月思心傷風帷已上見勁風注中霜階風隙
夏侯湛秋可哀詩曰秋夕兮遥長哀心兮永傷木蕭蕭以被風階縞縞以受霜謝靈運七夕詩曰月弦光入戶秋首風遶隙
日凄凄風列列毛詩曰秋日凄凄左思雜詩曰秋風列列白露爲霜照帷日
盈幕風夏侯湛秋可哀曰月翳翳以隱雲星朧朧而沒光映前軒之疎幌照後帷之閑房宋孝武秋詩曰蕭蕭風
盈幕振條風傾枝露楚詞曰秋風兮蕭蕭舒芳兮振條孝武詩曰泫泫露傾枝警露
鶴含風蟬周處風土記曰鳴鶴戒露白鶴也此鳥性警至八月白露降即鳴而相警謝惠連懷秋詩

日簫瑟含風蟬寥唳度雲鴈

賦

漢繁欽秋思賦 何晏秋之憯悽處閑夜而懷愁風清涼以激志兮樹動葉而鼓條雲朝躋于西汜兮遂憤薄於丹丘潛白日之玄陰兮翳朗月於重幽零雨濛其迅疾黃潦汨以橫流

晉潘岳秋興賦 四運忽其代序兮萬物紛以迴薄覽華時之時育兮察盛衰之所託感冬索而春敷嗟夏茂而秋落善哉宋玉之言曰悲哉秋之爲氣蕭瑟兮艸木搖落而變衰憯慄兮若在遠行登山臨水送將歸夫送帰慕徙之恋兮遠行有羇旅之憤臨川感激而歎逝兮登山懷遠而悼近彼曰感之疚心遭一塗而難忍嗟秋日之可哀兮良无愁而不盡野有帰鷰隰有翔隼遊氣朝興槁葉夕隕於時屏輕箑釋纖絺藉莞蒻御袷衣庭樹槭以灑落勁風戾而吹帷蟬嘒嘒以寒吟兮鴈飄飄而南飛天晃朗而彌高日悠悠而寖微知秋陽之短景覺良夜之方永月曈曨以含光露淒清而凝冷熠燿粲於階闥兮蟋蟀鳴于軒屏

晉曹毗秋興賦 素秋始啓聽離鴻之晨吟望流火之餘景云云清風激暑葉零玉階柯委勁楚離禽嚶嚶而晨鳴輕帷翩翩以微舉夕露頹潤於蘭庭秋虫屬響乎廊宇

齊褚彥回秋傷賦 雲紛紛而夾轉兮樹莪黃而隕落瞻孤游之流鴻兮觀雲間之舞鶴景曖曖而向頹兮時冉冉而將薄獨悲愁而悽慘兮歛輕裾以歸幕

虞世南秋賦 覩四時之代序對三秋之爽節雲既淨而天高潦將收而水潔凝珠露之凄冷鏡青山之悅澈鷺運幕而巢空鴈驚羣而行絕于斯時也登綺閣臨飛觀開霧縠之踈幌褰輕綃之碧幔映金波之皎潔明玉繩之粲爛看夜鵲之繞枝望牽牛之隔漢蓮尚香於江浦艸猶青於河畔

詩

唐太宗度秋詩 夏律昨留灰秋箭今移晷蛾眉岫初出洞庭波漸起桂白發幽巖菊黃開灞涘運流方可數含毫屬微理

又初秋夜坐詩 斜廊連綺閣初月照宵帷塞冷鴻飛疾園秋蟬噪遲露結林踈葉寒輕菊吐滋愁心逢此節長歎獨含悲

又秋日詩 爽氣澄蘭沼秋風動桂林露凝千片玉菊散一叢金日岫高低影雲空點綴陰蓬瀛不可望泉石且娛心

又曰 菊散金風起荷踈玉露圓將秋數行鴈離夏幾林蟬雲凝愁半嶺露碎纈高天還似成都望直見蛾眉前

又秋日翠微宮詩 秋光凝翠嶺涼吹肅離宮荷踈

一蓋缺樹冷半帷空側陣移鴻影圓花釘菊叢攄懷俗塵外高眺白雲中

又遊東山夜臨秋詩 煙生遥岸隱月落半崖陰連山驚鳥亂隔岫斷猿吟

又山閣晚秋詩 山亭秋已滿巖牖涼風度疎蘭尚染煙殘菊猶承露古石衣新苔新巢封古樹歷覽情无極只尺輪光暮

晉左思雜詩 秋風何列列白露爲朝霜柔條朝夕勁綠葉日夜黃明月出雲崖皎皎流素光披軒臨前庭嗷嗷晨鴈翔

謝惠連秋詩 皎皎天月明奕奕河宿爛蕭瑟含風蟬寥唳度雲鴈寒商動清閨孤燈暖幽幔耿介繁慮積展轉長宵半

宋南平王劉鑠歌曰 旻天清且高秋氣發初涼白露下微津明月流素光凝煙汎城闕淒風入軒房

宋鮑昭秋日詩 枯桑葉易落疲客心易驚今茲亦何早已聞絡緯鳴蕭蕭簟上寒淒淒帳裏清物色延暮思霜露遍朝榮白楊方蕭瑟長歎從此生

宋湯惠休歌曰 秋風嫋嫋入曲房羅帳含月思心傷蟋蟀夜鳴斷人腸長夜思君心飛揚他人相思君相忘錦衾瑤席徒爲芳

梁文帝初秋詩 秋風忽嫋嫋向夕引涼𢂁卷幌通河色開窓望月暉晚照花欄下疎螢簟上飛直置猶如此何況送將歸

又曰 盲風度函谷墜露下芳枝綠潭倒雲氣青山銜月規花心風上轉葉影樹中移外遊獨千里夕歎共誰知

梁范雲贈俊公道人詩 秋蓬飄秋甸寒藻汎寒池風條振風響霜葉斷霜枝幸及清江滿无使明月虧月虧君不來相期竟何時

梁沈約秋夜詩 月落宵向分紫煙鬱氛氳曀曀螢入霧離離鴈出雲已童暗理瑟漢女夜縫裙新知樂如是久要詎相聞

梁鮑泉秋詩曰 露色未成霜梧楸欲半黃鶯去簷恒靜蓮寒池不香旅情常自苦秋夜漸應長

周弘讓立秋詩曰 茲晨戒流火商飈早已驚雲天改夏色木葉動秋聲

陳張正見和衡陽王秋夜詩 睢苑涼風舉章臺雲氣收螢光連燭動月影帶河流綠綺朱絃汎黃花素蟻浮高軒揚麗藻即是賦新秋

隋煬帝悲秋詩曰 故年秋始去今年秋復來露濃山氣冷風急蟬聲哀鳥擊初移樹魚寒欲隱苔斷霧時通日殘雲尚作雷

隋楊休之秋詩曰日照前窓竹露湿後園薇夜蛩扶砌響輕蛾遶燭飛隋庾信晚秋詩淒清臨晚景踈索望寒堦湿庭凝墜露摶風卷落槐日氣斜還冷雲峰晚更霾可怜数行鴈點點遠空排又和初秋詩落星初伏火秋霜正動鍾北閣連横漢南空映鑿龍斧鳶栖竹實靈蔡上芙蓉自有南風曲還來吹九重隋蕭慤和初秋西園應教詩池亭三伏後林舘九秋前清冷澗泉石散漫雜風煙蕖開千葉影榴艷百枝然約嶺停飛旆凌波動畫船又和司徒鎧曹陽辟強秋晚詩葉踈知樹落香盡覓荷衰山藪良多思田園聊復歸又秋日詩秋天擬文學秋水擅莊蒙艸湿蒹葭露波卷洞庭風便坐翻木葉長坂歇蘭叢蓉喧猶有鸞陂静未來鴻蟬唱聞疑斷池清似映空袁朗秋日應詔詩玉樹涼風舉金塘細艸萎葉落商颷觀鴻歸明月池迎寒桂酒熟含霧菊花垂一奉章臺宴千秋長願斯楊師道初秋夜坐應詔詩玉琯涼初應金

壷夜漸闌倉池流稍絜仙掌露方團鴈聲風處斷樹影月中寒爽氣長空淨高吟覺思寬上官儀奉和山夜臨秋詩殿帳清炎氣輦道含秋陰凄風移漢筑流水入虞琴雲飛送斷鴈月上淨踈林滴瀝露枝響空濛煙壑深又和頼川公秋夜詩泬寥空色遠葉黄淒序变洞浦落遵鴻長飈送巢鸑千秋流夕景百籟含宵喚峻雉聆金柝層臺切銀箭劉褘之九成宮秋初應制詩帝圃踈金闕仙臺駐玉銮野分鳴[redacted]岫路接寳雞壇林樹千霜積山宮四序寒蟬急知秋早鶯踈覺夏闌怡神紫氣外凝睇白雲端舜海詞波發空驚游聖難

冬第四

敘事　禮記月令曰孟冬之月日在房昏虛中曉張中鄭玄曰孟冬者日月會於析木之津而斗建亥之辰其日壬癸壬之言任也癸之言揆也日之北行從黒道閉蔵万物月爲之佐万物懐任於壬癸然萌牙其帝顓頊其神

玄冥此黑精之君水官之臣顓頊高陽氏也玄冥少昊氏之子曰脩曰熙爲水官之臣律中應鍾高誘曰陰應於陽轉成其功水始氷地始凍雉入大水化爲蜃虹藏不見大水淮也大蛤曰蜃仲冬之月日在箕昏營室中曉軫中鄭玄曰仲冬者日月會於星紀斗建子之辰律中黃鍾黃鍾者律之始也高誘曰陽氣聚於下陰氣盛於上萌於黃泉下故曰黃鍾冰益壯地始坼日短至陰陽爭諸生蕩爭者陰方盛陽欲起蕩謂物將萌牙者芸始生荔挺出蚯蚓結麋角解水泉動芸香艸也荔挺馬薤也水泉動潤上行也季冬之月日在南斗昏婁中曉氐亢中鄭玄注曰季冬日月會於玄枵而斗建丑之辰律中大呂鴈北鄉鵲始巢雉雊雞乳雊雉鳴也出土牛以送寒氣出猶作也丑牛者丑爲牛牛可牽止送猶畢也日窮于次月窮于紀星迴于天數將幾終言日月星辰運行至此皆周匝於故處也次舍也紀猶會也尚書曰日短星昴以正仲冬日短冬至之日昴白虎中星鳥獸氄辱勇反毛鳥獸皆生濡毳細毛以自溫也蔡邕月令章句曰冬終也萬物於是終也梁元帝纂要曰冬曰玄英氣黑而青英亦云安寧亦曰玄冬三冬九冬天曰上天言時无事在上而臨下風曰寒風勁風嚴風厲風哀風陰風景曰冬景寒景時曰寒辰節曰嚴節鳥曰寒鳥寒禽草曰寒卉黃草木曰寒木寒柯

素木寒條十月孟冬亦曰上冬亦曰陽月此時純陰用事嫌其无陽故曰陽月十二月季冬亦曰暮冬杪冬除月暮節暮歲窮稔窮紀

事對

黃鍾 玄轡禮記曰仲冬月律中黃鍾李顒感冬篇曰高陽攬玄轡太皡御冬始望舒游天策曜靈協燕紀

北陸 南郊司馬彪續漢書曰日在北陸謂之冬沈約宋書曰十月庚寅冬至親祠圜丘於南郊

瓊雪 珠冰劉義恭夜雪詩曰屯雲閉星月飛瓊集庭樹謝惠連雪賦流滴垂冰緣霤承隅■兮若馮夷剖蚌出明珠

泉動 水冱周書曰冬至後十五日水泉動不動陰不承陽劉楨魯都賦曰伊歲之冬雲氣清睇水冱露凝冰雪皚皚

愛日 嚴霜杜預注左傳曰冬日可愛夏日可畏古詩曰寒冬十一月晨起踐嚴霜

折冰 坼地文子曰冬冰可折夏條可結禮記曰仲冬之月地始坼

風切 雲嚴謝惠連詠冬詩曰履霜冰弥堅積寒風愈切鮑昭冬詩曰嚴雲亂山起白日欲還次

玄雲 素雪阮籍詠懷詩曰良辰在何許凝霜沾衣衿寒風振山岡玄雲起重陰鍾夫人詩曰冽冽季冬素雪其霏

冰魚 霜鶴易通卦驗曰大雪魚負冰鄭玄曰魚負冰上近冰也鮑昭冬詩曰耿耿負霜鶴皎皎帶雲鴈

龍吹 鶴語淮南子曰燭龍在鴈門北蔽于委羽之山不見日其神人面龍身而无足許慎注云不見日故龍以目照之蓋長千里開爲晝瞑爲夜吹爲冬呼爲夏劉敬叔異苑曰太康二年冬大寒南州人見二白鶴於橋下曰今茲寒不減堯崩年於是飛去

蟄鳥 潛鱗魏武帝出夏門行曰孟冬十月北風裴徊蟄鳥潛藏熊羆窟棲王粲詩曰冽冽冬日肅肅祁寒潛鱗在川歸鴈載軒

桂榮 松茂楚詞曰嘉南州之炎德兮麗桂樹之冬榮何邵游仙詩曰青青陵上松亭亭南山柏光色冬夏茂根柢无凋零

講武 論刑禮記曰孟冬之月天子命將帥講武習射鄭玄注曰爲仲冬大閱習之大戴禮曰季冬聽獄論刑者所以正法

納稼 儲穀毛詩曰十月納禾稼黍稷穜稑禾麻菽麥崔寔

四人月令曰十月農事畢五穀旣登家家儲畜乃順時令也

祈年　貞歲

禮記曰孟冬之月天子乃祈來年于天宗注云天宗日月星辰也周禮曰天府掌季冬陳王以貞來歲之美惡鄭玄注曰問事之正曰貞問歲美惡謂問於龜

戒閭　墐戶

禮記曰孟冬命有司循行積聚坏城郭戒門閭毛詩曰穹窒熏鼠塞向墐戶注云向北出牖墐塗也

鑿冰　爂燧

禮記曰季冬之月冰方盛水澤腹堅命取冰腹厚也此月日在北陸冰堅厚之時毛詩曰二之日鑿冰冲冲注云冰盛水腹命取取冰山林中冲冲鑿冰之音一日夏之十二月淮南子曰孟冬之月招搖指亥爂松燧火

熊席　狐裘

呂氏春秋曰衛靈公天寒鑿池言不寒宛春曰君衣狐裘坐熊席四隅有火所以不寒

冰澗　凍海

陸士衡樂府苦寒行曰北游幽朔城原野多險艱俯入穹谷底仰涉高山盤凝冰結重澗積雪被長峦阮籍大人先生歌曰陽和微弱陰氣竭海凍不流綿絮折呼吸不通寒冽冽

凋松　傷竹

論語曰歲寒然後知松柏之後凋謝承後漢書曰竇武上表曰今冬大寒過節毒害鳥獸爰及池魚城傍松竹皆爲傷絶

挾纊　賜綈

左傳曰楚莊王圍蕭申公巫臣曰師人多寒王巡三軍撫而勉之士皆如挾纊史記曰范雎相秦魏須賈使秦雎微行弊衣間出而見賈曰范叔一寒如此哉乃取綈袍以賜之

溫席　叩冰

干寶搜神記曰羅威字德行少喪父事母至孝母年七十天大寒常以身自溫席而後授其處師覺孝子傳曰王祥少有德行失母後母憎而譖之祥孝弥謹盛寒河冰網罟不施母欲得生魚祥解褐叩冰求之忽冰少開有雙鯉出游祥垂綸而獲之于時人謂至孝所致也

歌赤鳳　祠白犬

干寶搜神記曰漢代十月十五日以豚酒入靈女廟擊筑奏上絃之曲連臂踏地歌赤鳳來巫俗也崔寔四人月令曰先後冬至各五日買白犬養之以供祖禰

木皮三寸　地凍一丈

尸子曰朔方之寒冰厚六尺木皮三寸漢書鼂錯上書曰夫海胡貊之地積陰之處木皮三寸冰厚六尺文穎注云地寒故也郭義恭廣志曰北方地厚寒冰厚三尺地凍一丈

曾冰百丈　飛雪千里

東方朔神異經曰北方有曾冰万里厚百丈尸子曰朔方之寒地凍

厚六尺北極左右有不釋之冰楚辭曰魂歸來北
方不可止曾冰峨峨飛雪千里王逸注北極常寒

賦 晉傅

玄大寒賦 五行倏而競鶩兮四節終而電逝諒暑往而寒
來十二月而成歲日月會於析木兮重陰淒而
增肅在中冬之大寒兮迅季旬而逾蹙彩虹藏於虛廓兮鱗介
潛而長伏若乃天地凛冽庶極氣否嚴霜夜結悲風晝起飛雪
山積蕭條万里百川咽而不流兮冰東合於
四海扶木憔悴於暘谷若華零落於濛汜 晉陸士衡感
時賦 悲夫冬之爲氣何憯凛以蕭索天悠悠而彌高霧鬱鬱
而四幕夜綿邈而難終日晼晼而易落敷曾雲之崴㠑
墜零雪之揮霍寒冽冽而寖興風謖謖而妄作鳴枯條之泠泠
飛落葉之漠漠山崆巃以含瘁川蝼蛇而抱涸望八極以曭漭
普宇宙而寥廓伊天時之方慘冒万物之能歡魚微微
以求偶獸岳岳而相攢猿長嘯於林峯鳥高飛於雲端 晉陸
雲歲暮賦 顓頊御時玄冥統官諭重陽於潛戶兮嚴積陰
於司寒堅冰涸於川底兮白雪隕於雲端時凛
戾其可悲兮氣蕭索以傷心悽風愴其鳴條落葉翩而灑林獸
藏丘而絶迹兮鳥攀木而棲音山振枯於曾嶺兮人懷慘於重

襟 梁蕭子雲歲暮直廬賦 日躔女度歲華云暮衡
輕炭燥權重泉涸藏玄
武於太陰蟄騰虵於高霧日臨圭而易落晷中杙而南儵凝寒
氣於廣庭洞曾陰於端廡風飱切而晚作雲滄浪而晦景霰的
皪於彤庭霙葳蕤於丹屏韜罘罳之飛棟沒
層蘇之高影始飄舞於圓池終停華於方井 **詩** 晉張華冬
初歲小會詩 日月不留四氣迴周節慶代序万国同休
庶尹羣和奉爵升朝我有嘉禮式宴百寮 又
雜詩曰 晷度隨天運四時互相乘東壁正昏中涸陰寒節升
繁霜降當夕悲風中夜興朱炎青无光蘭膏坐自凝
重衾无暖氣 晉曹毗詠冬詩 綿邈冬夕永凛厲寒氣升
挾纊如懷冰 離葉向晨落長風振條興
夜靜輕響起天清月暉澄寒冰盈渠結 宋謝靈運歲暮
素霜竟欄凝今載忽已暮來正奄復仍
詩 殷憂不能寐苦此夜難頹明月照積雪 又彭城宮中
朔風勁清哀運往无淹物年逝覺易催
直感歲暮詩 艸艸眷物徂契契矜歲殫楚艷行復戚吳
趍感絶歡脩帶緩舊裳素鬢改朱顔晚暮

悲獨坐鳴鵾歇春蘭

宋鮑昭冬日詩

嚴雲亂山起白日欲還歲曛霧蔽窮天夕陰晦寒地翰海有歸潮衰容不還稚今君且安歌无念老方至

梁簡文帝十月戊寅詩

喧塵是時息靜坐對重峦冬溪栁條落雪後桂枝殘星明霧色盡天白鴈行單雲飛乍想閣氷結遠𡷊絖晚橘隱重屏枯藤帶迴筆岳陰連水氣山峯添月寒

又玄圃寒夕詩

洞庭門未掩金壺漏已催曛煙生澗曲暗色起林隈雪花无有蔕氷鏡不安臺階楊始倒插浦桂半新栽陳根委落蕙細葉發香梅鴈去銜蘆止猿戲蓮枝來

又冬詩

玆圃植藝積山谷夂紆葳貴興最多緒眞事亦因依是節嚴冬景寒雲哉落暉遠聞風瑟瑟亂視雪霏霏浪起川難渡林深人至稀山禽皆逕走野鳥歷塘飛

北齊邢子才冬日傷志詩

昔時情游士任性少矜裁朝驅馬腦勒暮銜熊耳杯折花贈淇水撫琴望菜臺繁華宿昔改衰病一時來重以三冬月愁雲聚復開天高日色淺林勁鳥鳴哀終風激簷響餘雪滿條枝遠游昔宛洛踟躕今艸萊時事方去矣撫已獨傷懷

隋煬帝冬夜詩

不覺歲將盡已復入長安月影含氷凍風聲凄夜寒江海波濤壯嶠潼坂險難无因寄飛翼徒欲動和鑾

北齊邢子才酬魏收冬夜直史館詩

年病從衡至動息不自安兼豆未能飽重裘詎解寒况乃冬之夜霜氣有餘酸風音響北牖月影度南端燈光明且滅華燭新復殘衰顏依候改壯志與時闌體羸不盡帶髮落強扶冠夜景將欲近夕息故无寬忽有清風贈辞義婉如蘭先言歎三友末言慙一官麗藻高鄭衛專學美齊韓審諭雖有屬筆削少能刋高足自无限積風良可摶空想青雲易寧見赤松難寄語東山道高駕且盤桓

初學記卷第三

初學記卷第四

歲時部下

錫山安國校刊

元日第一

叙事

崔寔四人月令曰正月一日是謂正日絜祀祖禰進酒降神玉燭寶典曰正月爲端月（春秋傳曰履端於始）其一日爲元日（元者善之長也先王躰元以居正又元者原也始也一也首也）亦云上日亦云正朝亦云三元（歲之元時之元月之元）亦云三朔（尚書大傳云夏以平明爲朔殷以雞鳴爲朔周以夜半爲朔）庭前爆竹（荊楚歲時記曰以碎山臊惡鬼也山臊案神異經在西方深山中長尺餘犯人則病畏爆竹声又俗爆竹燃草起於庭燎）進椒栢酒（四人月令曰椒是玉衡星精服之令人身輕能老栢是仙藥又云進酒次第當從小起以年少者起先）服桃湯進敷于散（荊楚歲時記曰桃者五行之精厭伏邪氣制百鬼令人又進屠蘇酒膠牙餳）造五辛盤（周處風土記曰月正元日五薰鍊形注云五辛所以發五藏氣莊子云春月飲酒茹葱以通五藏也）造桃板著戶謂之仙木（玉燭寶典曰像鬱壘山桃樹百鬼畏之也）

事對

上日　首祚（尚書曰正月上日受終于文祖孔安國注云上日朔日也王羲之月儀書

曰日往月來元正首祚太蔟告辰微陽始布鼙無不宜和神養素　**四始**　**三元**　漢書曰正月朔歲首

立春四時之始又曰曆者序四時之端正分至之節故聖人考曆數以正三元此聖人知命之術　**履端**　**正**

始　臧榮緒晉書曰熊遠議曰履端元日正始之初有識之士於是觀禮樂榮耳目之觀崇玩弄之好　**開元**

肇祚　沈約宋書曰南郊樂登歌曰開元首正禮具樂六典聯事九官列序何充賀正表曰琁衡運周元正肇

祚伏惟陛下應乾納祐與天同休　**降祉**　**納祐**　王沈賀正表曰三辰改運元正肇祚自天降祉如日

之升納祐見肇祚注　**百福**　**萬壽**　馮衍銘曰元正上日百福孔靈千薦賀正儀曰元正首祚琁璣改度

伏稱万壽　**折松**　**索葦**　董勛答問曰歲首祝椒酒而飲之以椒性芬香又堪爲藥又折松枝男七女二

七亦同此□宗懍荊楚歲時記曰正月一日是三元之日帖畫雞戶上懸葦索於其上插符其傍百鬼畏之　**磔雞**

放雀　沈約宋書曰舊時歲朔常設葦茭桃梗磔雞於宮及百寺之門以禳惡氣裴玄新語曰正朝縣官殺羊縣

其頭於門又磔雞以副之孔叢子曰邯鄲人以正朝獻雀於趙王而綴以五綵王大悅申叔以告子順子順曰正朝放之示有

生也　**桃梗**　**椒觴**　桃梗見上磔雞注崔寔四人月令曰正月之朔是謂正日躬率妻孥絜祀祖禰及祀

日進酒降神畢乃室家尊卑無大無小以次列于先祖之前子婦曾孫各上椒酒於家長稱觴舉壽欣欣如也　**本三**

統　**崇百禮**　白虎通曰正朔有三何本天有三統謂之三微月也三微者何謂也陽氣始施黃泉万物始動

微而未著周處風土記曰月正元日百礼兼崇　**賦**　**晉王沈正會賦**　伊月正之元吉兮應三統

之中靈順天地以交泰協太蔟之玄精荷介祉于上帝兮祚聖皇以永貞華幄映於飛雲兮朱幕張于前庭曜五旗於東序兮

表雄虹而為旌備六代之象舞兮鏊簫韶於九成晞玄夜以司晨兮望庭燎之高煬壯甲士之星羅兮偉干戚之飄揚臚人肅

其齊列九賓穆以成行齊八荒於蕃服兮咸稽首以來王　**詩**　**魏陳思王曹植元會**

詩　初歲元祚吉日惟良乃為嘉會宴此高堂衣裳鮮潔黼黻玄黃珍膳雜遝充溢圓方俯視文軒仰瞻華梁願保茲善

千載爲常歡笑盡娛樂哉

隋煬帝獻歲讌宮臣詩三元未央皇室榮貴壽考无疆建上京六佾宴■城朱庭容衛肅青天春氣明朝光動翙彩長階分珮聲洒闌鐘磬息欣覩礼樂成

隋蕭慤奉和元日詩帝宮通夕燎天門拂曙開瑞雲生宝鼎榮光上露臺華山不掎葉宜城万壽盃筵見飛舄下玄知鄴縣來

陳叔達初年詩和風起天露巖氣銷氷井索索枝木柔厭厭漏猶永

虞世南奉和獻歲讌宮臣詩履端初啓節長苑命高筵肆夏喧金奏重潤響朱絃絲光催柳色日彩■槐烟微臣同檻吹謬得仰鈞天

頌

晉劉臻妻元日獻椒花頌曰旋穹周迴三朔肇建青陽散輝澄景載煥美哉靈花爰採爰獻聖容映之永壽於万

人日第二

敘事

荊楚歲時記曰正月七日爲人日董勛問礼俗曰正月一日爲雞二日爲狗三日爲猪四日爲羊五日爲牛六日爲馬七日爲人以七種菜爲羹翦綵爲人或鏤金箔爲人以貼屏風亦戴之頭鬢董勛問礼俗云人入新年形容改從新又造華勝相遺起於晉代見賈充李夫人典戒云像瑞圖金勝之形又取像西王母戴勝也

事對

董俗 陳儀董勛荅問曰正月人日俗翦綵爲人形劉臻妻陳氏進見儀曰正月七日上人勝於人

翦綵 鏤金並見敘事

登西山 陟安仁李充正月七日登剡西寺詩曰命駕升西小寓目眺原疇安仁峯銘曰正月七日厥日惟人策我良駟陟彼安仁

詩

隋陽休之正月七日登高侍宴詩廣殿麗年輝上林起春色風生拂彫輦雲廻浮綺翼

隋薛道衡人日思歸詩入春纔七日離家已二年人歸落鴈後思發在花前

正月十五日第三

敘事

玉燭寶典曰正月十五日

作膏粥以祠門戶荊楚歲時記曰今州里風俗
望日祭門先以楊枝插門隨楊枝所指仍以酒
脯飲食及豆粥插箸而祭之其夕迎紫姑神以
卜劉敬叔異苑曰紫姑本人家妾爲大婦所逐正月十五日感激而死故世人作其形於廁以迎之卜史記
樂書曰漢家祀太一以昏時祠到明今人正月望日夜游觀燈
是其遺事 事對 燒燈 望月 涅盤經曰如來闍維訖收舍利瞿置金牀上天人散花奏樂繞
城步步燃灯十三里又西域記曰摩竭陁国正月十五日僧徒俗衆雲集觀佛舍利放光雨花古詩曰是時鶉火中日月正相
望鶉火中即正月望也 泛粥 祠膏 續齊諧記曰吳縣張成夜見一婦人立宅東南角謂成曰此地
是君蚕室我即地神明日正月半君宜作白粥泛膏於上以祭我必當令君蚕百倍言絶失所在成如其言為作膏粥年年大

得蚕也祠膏見叙事 詩 蘇味道正月十五日詩 火樹銀花合星橋鐵鎖開
暗塵隨馬去明月逐人來游騎皆穠李行歌盡落梅金吾不惜夜玉漏莫相催 崔液夜遊詩 玉漏銀壺
且莫催鐵關金鎖徹明開誰家見月能開坐何處聞燈不看來 又 神燈佛火百輪張刻像圖形七宝裝影裏如聞金口
說空中似散金毫光 又 金勒銀鞍控紫騮玉輪朱幰駕青牛驂驔始散東城曲倏忽還逢南陌頭

月晦第四 叙事 荊楚歲時記曰元日至于月晦並
為酺聚飲食每月皆弦望晦朔以正月初年時俗重以為節 士女泛舟或臨
水宴樂 玉燭宝典曰元日至月晦人並為酺食度水士女悉湔裳酹酒於水湄以為度厄今世人唯晦日臨河解
除婦人或湔裙 事對 提月 晦日 公羊傳曰提月六鷁退飛過宋都提月者何僅逮是月晦
日也何魯人語曰提月邊也是月之幾盡 凋蓂 掩桂 帝王世紀曰堯有草夾階而生每月

朔生一莢月半則生十五莢自十六日一莢落至月晦而盡若月小則餘一莢而不落唯盛德之君應和氣而生以為瑞草名為蓂莢一名曆莢虞喜安天論曰俗傳月中仙人桂樹月初則生

【詩】唐太宗月晦詩 晦魄移中律凝暄起麗城罩雲朝蓋上穿露曉珠呈笑樹花分色啼枝鳥合声披襟歡眺望極目暢春情

後魏盧元明晦日汎舟應詔詩 輕灰吹上管落蓂飄下蔕遲遲春色華晚晚年光麗

北齊魏收晦日汎舟應詔詩 梟梟春枝弱關關新鳥呼棹唱忽逶迤羡歌時顧慕眉賞芳月色宴言忘日暮游豫慰人心照臨康国步

寒食第五

【敘事】荊楚歲時記曰去冬節一百五日即有疾風甚雨謂之寒食 據曆合在清明前二日亦有去冬至一百六日

禁火三日 琴操曰晉文公与介子綏俱亡子綏割腕股以啖文公文公復國子綏獨无所得子綏作龍蛇之歌而隱文公求之不肯出乃燔左右木子綏抱木而死文公哀之令人五月五日不得舉火又周舉移書及魏武明罰令陸翽鄴中記並云寒食斷火起於子推琴操所云子綏綏即推也又云五月五日與今有異皆因流俗所傳據左傳及史記並无介子推被焚之事案周書司烜氏仲春以木鐸循火禁于國中注云為季春將出火也今寒食准節氣是仲春之末清明是三月之初然則禁火蓋周之舊制

造餳大麥粥 陸翽鄴中記曰寒食三日醴酪又煮粳米及麥為酪擣杏仁煮作粥玉燭寶典曰今人悉為大麥粥研杏仁為酪引餳沃之孫楚祭子推文云黍飯一盤醴酪二盂是其事

闘雞 玉燭寶典曰此節城市尤多闘雞卵之戲左傳有季郈闘雞其來遠矣古之豪家食

鏤雞子闘雞子 稱畫卵今代猶染藍茜雜色仍加雕鏤遞相餉遺或置盤俎管子曰彫卵然之所以發積藏散万物張衡南都賦曰春卵夏筍秋韭冬菁便是補益滋味其闘卵則莫知所出董仲舒書云心如宿卵為體內藏以據其剛髣髴闘理也

打毬 劉向別錄曰[illegible]黃帝所造本兵勢也或云起於戰国[illegible]与毬同古人蹋蹴以為戲

鞦韆 古今藝術圖云鞦韆

北方山戎之戲以習輕趫者

事對

魏武令 周舉書 魏武帝明罰令曰聞太原上黨西河鴈門冬至後百有五日皆絕火寒食云爲介子推且北方沍寒之地老少羸弱將有不堪之患令到人不得寒食若犯者家長半歲刑主吏百日刑令長奪一月俸范曄後漢書曰周舉遷并州刺史太原一郡舊俗以介子推焚骸有龍忌之禁至其月咸言神靈不樂舉火舉移書於子推廟云春中寒食一月老少不堪今則三日而已

一月寒食 三日斷火 周斐汝南先賢傳曰太原舊俗以介子推焚骸一月寒食莫敢烟爨陸翽鄴中記曰并州俗冬至後百五日為介子推斷火冷食三日作乾粥是今之糗也

詩

李崇嗣寒食詩 普天皆滅焰匝地盡藏烟不知何處火來就客心燃

宋之問途中寒食詩 馬上逢寒食途中屬暮春可憐江浦望不見洛橋人

沈佺期嶺表逢寒食詩 嶺外逢寒食春來不見錫洛陽新甲子何日是清明

忠

三月三日第六

敘事

韓詩章句曰鄭俗上巳溱洧兩水之上秉蘭祓除 司馬彪續漢書禮儀志曰三月上巳官人並禊飲於東流水上沈約宋書曰魏巳後但用三日不復用巳也 荆楚歲時記曰三月三日四人並出水渚爲流杯曲水之飲 注曰續齊諧記晉武帝問尚書摯虞曰三日曲水其義何指答曰漢帝時平原徐肇以三月初生三女而三日俱亡一村以爲怪乃相攜之水濱盥洗遂因流水以濫觴曲水起於此帝曰若此談便非嘉事尚書郎束晳曰摯虞小生不足以知此臣請說其始昔周公卜成洛邑因流水以汎酒故逸詩云羽觴隨波流又秦昭王三月上巳置酒河曲有金人自東而出奉水心劒曰令君制有西夏及秦霸諸侯乃因其處立爲曲水二漢相沿皆爲盛集帝曰善賜金十五斤左遷摯虞爲陽城令

事對

元巳 上除 張衡南都賦曰暮春之禊元巳之辰方軌齊軫被于陽濱張華上巳篇曰姑洗應時月元巳啓良辰徐幹齊都賦青陽季月上除之

良無大无小祓於水陽 周禊 鄭祓 應劭風俗通曰案周礼女巫掌歲時以祓除疾病禊者潔也故於水上釁潔也韓詩曰三月桃花水下之時鄭国之俗三月上巳於溱洧兩水上執蘭招䰟續魄祓除不祥也 曲水 迴流 曲水事具叙事注中徐廣三日臨水詩曰湿哉今日爰豫爰游興言命駕寄懽迴流 祓灞 禊洛 漢書曰武帝卽位數年无子平陽王求良家女十餘人飾置家帝祓灞上而過焉戴逵竹林七賢論曰王濟嘗解禊洛水 金堤 石壇 陸翽鄴中記華林園中千金堤作兩銅龍相向吐水以注天泉池通御溝中三月三日石季龍及皇后百官臨池會戴延之西征記曰天泉之南有東西溝承御溝水水之北有積石壇云三月三日御坐流杯之處 南澗 東堂 孫綽詩序曰以暮春之始解禊于南澗之濱高嶺千尋長湖萬頃晉起居注曰海西泰和六年三月庚午朔詔曰三日臨流杯池依東堂小會 華林 䟽圃 荀勗三月三日從華林園詩曰清節中季春姑洗通滯塞玉軨扶渌池臨川蕩苛慝潘尼巳日詩曰藹藹䟽圃載繁載縈淡淡天泉載渌載清 南浮

橋 東流水 夏仲御別傳曰仲御詣洛到三月三日洛中王公已下莫不方軌連軫並至南浮橋邊禊男則朱服耀路女則錦綺鑠爛又宋書曰後漢有郭虞者三月上辰產二女二日之中產三女並不育俗以爲大忌至其日諱正家皆於東流水上為祈禳

賦

晉成公綏洛禊賦 [redacted]吉日簡良辰祓除解禊自會洛濱妖童媛女嬉游河曲或振纖手或濯素足臨清流坐沙場列樽罍飛羽觴

晉張協洛禊賦 夫何三春之令月[redacted]天氣之絪縕和風穆以布暢百卉曄而敷芬游魚瀺灂於渌波玄鳥鼓翼於高雲美節慶之動物悅群生之樂欣顧新服之既成將祓除於水濱於是搢紳先生嘯儔命友攜朋接黨童冠八九主希孔墨賓慕顏柳臨崖詠游濯足揮手及至都人士女奕奕祁祁車馬岬嶆充溢中逵芬葩翕習緣阿被湄振袂生風接衽成帷若權戚之家豪侈之族綵騎停鑣華輪方轂青蓋雲浮參差相屬集乎長州之浦曜乎洛川之曲遂乃停輿蕙渚息駕蘭田朱幔虹舒翠幕蜺連布祓醑薦柔嘉祈休吉蠲百痾漱清源以滌穢兮攬綠藻之纖柯浮素卵以蔽水灑玄醪於中河

晉夏侯湛禊賦 美暮春之嘉辰美靈

氣之和柔結方軌於泰路敷令節之宣遊尒乃擢翠旗垂繁纓
微雲乘軒清風引旌飛輪猋起良馬電驚粲爛炮轔混曄發越
若乎朝春廷範夕霞艳月

晉阮瞻上巳會賦

臨清川而嘉讌聊暇日以遊娱蔭朝雲而爲盖
託茂樹以承廬好脩林之蓊蔚樂草莽之扶疎列肆筵而設席
兮祈吉祥於斯塗酌羽觴而交酬献遐壽之无疆同懽情而悦
豫欣斯樂之慨慷發中懷而絃歌託清志於宫商

梁蕭子範家園三月三日賦

春亦暮止田家上巳時將禊於九門節方郊於七里扇習
習之和風照遲遲之華晷聊潔新而濯故式東流之前軌
君免上漏樹非椿栗既无擇於爽塏曾不妨於凶吉右瞻則青
溪千仞北覩則龍盤秀出与歳月而荒茫同林藪之蕪穢懽兹
嘉月悦此時良庭散花蘂傍插筠篁灑玄醪於沼
沚浮絳棗於泱泱觀翠綸之出没戲青舸之低昂

周庾信三月三日華林園馬射賦

歳在昭陽月在大梁其日上巳其時少陽春吏司職
青祇効祥徵万騎於平樂開千門於建章皇帝翊四校於僊園
迴六龍於天苑華盖平飛風烏細轉帷宫宿設帳殿開筵傍臨

細柳斜轉宜年河[illegible]雍草渭口澆泉塴雲五色的暈重圓陽管
既調春絃實撫玉律調鍾金鎛節鼓於是咀衘拉鐵逐日追風
並試長楸之埒俱下蘭池之宫鳴鞭則汗赭入埒則塵紅変三
驅而畫鹿登百尺而懸熊礼正六耦詩歌九節弓如明月對塴
馬似浮雲向埒鴈失羣而行斷猨求林而路絶乃有六郡雄才
五陵高選新迴馬邑之兵始罷龍城之戰帶尚流星乘猶奔電
始聽鼓而唱籌即移竿而摽箭熊耳刻杯飛雲畫壘水衡之錢
山積織室之錦霞開司筵賞至酒正杯來既而日下澤宫筵闌
相圃悵從蹕之留
歡眷迴鑾之餘武

詩

晉張華三月三日後園會詩

暮春元日陽氣清明祁祁甘雨膏澤流盈習習祥風啓滯導生
禽鳥逸豫桑麻滋榮纖條被緑翠華含英於我皇后欽若昊乾
順時省物言觀中園讌及羣辟乃命初筵合樂華池枝濯清川汎彼龍丹浒游洪源

又上巳篇

仁風導和氣勾芒御昊清姑洗應時月元巳啓良辰密雲蔭朝日零雨洒微塵飛軒游九野置酒會衆賓

晉潘尼三日洛水作詩

暮春春服成百草敷英蘂聊爲三日遊方駕結龍旗廊廟多豪俊都邑有艷姿朱軒蔭

蘭皐翠幕映洛湄沉鈎出比目舉弋
落雙飛羽觴乘波進素俎逐流歸　晉閭丘沖三月三
日應詔詩　暮春之月春服既成升陽潤土氷渙川盈餘萌
達壤嘉木敷葉后皇宣遊既讌且寧光光華輦
侁侁從臣上蔭丹幄下藉文茵臨池挹盥濯故潔新俯鏡清流
仰睇天津藹藹華林巖巖景陽嶫嶫峻宇奕奕飛梁垂蔭倒景
若翺若翔浩浩白水汎汎龍舟皇在靈沼百辟同遊擊櫂清歌
鼓枻行謳聞樂咸和具醉斯柔在昔帝虞德被遐荒干戚在庭
苗人來王今我哲后古聖齊芳惠此中國以綏
四方元首既明股肱惟良樂只君子今日惟康　晉阮脩巳
會詩　三春之秀歲惟嘉時零雨既濛風以散之英華扇耀翔
鳥群嬉澄澄淥水淡淡其波脩崖逶迤長川相過聊且
逍遥其樂如何　宋顔延之詔宴曲水詩　惟王創物永錫洪筭
仁固開周義高登漢
開榮洒澤舒虹爍電伊思鎬飲每懷洛宴郊餞有壇君舉有禮
帳蘭甸畫流高陛分庭薦樂析波浮醴頒同肆夏事兼出濟
宋謝靈運三月三日侍宴西池詩　矧乃暮春時物芳
衍濫觴逶迤周流

蘭殿礼備朝
容樂闋夕宴　謝惠連上巳詩　四時著平分三春禀融爍遲
遲和景婉天天園桃灼攜明
適郊野昧爽辞鄽廓斐雲興翠嶺芳飈起華薄解
轡偃崇丘藉草繞迴壑際渚羅時簌託波汎輕爵　齊謝朓
爲皇太子侍華光殿曲水宴詩　初吉云巳芳宴在
斯載留神矚有睟
天儀龍精巳映威仰未移華依黃鳥花落春池高宴弘敞禁林
稠密青嶝崛起朱樓間出翠幬隨風金戈動日惆悵清雪徘徊
輕佾灞滻入筵河淇流阼海若來往觴肴沿
沂歡飲終日清光欲暮輕軺廻音華組徐步　梁簡文帝三
日侍宴林光殿曲水詩　芳年留帝賞應物動天襟挾苑
連金陣分衢度羽林帷宮對廣
掖層殿邐高岑風旗爭曳影亭午綺
共生陰樹花初墮蔕池荷欲吐心　又三日率爾成詩　花
非一種風絲亂百條雲
起相思觀日照飛虹橋　又三日侍皇太子曲水宴詩
震德叶靈年芳節淑濯伊臨灞蕩心愉目驂騎晨野擬金曉陸
蔥氣卷旌神蹕警轂層岑偃蹇聳觀岧嶤烟生翠竹日照綺寮

銀花晨散金芝之暮搖梁沈約三日侍鳳光殿曲水宴詩光逕蕙畝
氣婉椒臺皇心愛矣帝曰遊哉玉鑾徐警翠鳳輕迴別殿廣臨
離宮洞啓川祇奉壽河宗相禮淸洛漸筵長伊流陛迴盤嘉羞
搖漾芳醴輕歌易繞弱舞難持素雲留管玄鶴停絲引思
爲歲歲亦陽止吻服貲身身亦昌止徙勤丹漆終愧文梓又
林光殿曲水宴詩宴鎬鏘玉鑾遊汾舉仙較樂光沉采旌脩風動芝蓋淑氣婉登晨天行聳
雲栭帳殿臨春禦惟宮繞芳薈漸席周羽觴分墀引迴
瀨穆穆玄化升濟濟皇階泰將御遺風軫遠侍瑤臺會又三
日率爾成篇麗日屬元巳年芳具在斯開花已兩樹流鶯復滿枝洛陽繁華子長安輕薄兒東出千金
堰西臨鴈鶩陂遊絲映空轉高柳拂池垂綠荓文照耀紫鷰光
陸離淸晨戲伊水薄暮宿蘭池象筵鳴寶瑟金瓶泛玉巵寧憶
春蠶起日暮桑欲萎梁劉孝綽三日侍華光殿曲水宴詩
萋祓三陽暮濯禊元巳初皇心睠樂飲帳殿臨春渠豫遊高夏
諺凱樂盛周居復以焚林日丰茸花樹舒羽觴環階轉淸瀾傍

帶踈妍歌已寥亮妙舞復紆餘九成变絲竹百戲起龍魚又三日侍安成王曲水
宴詩匯澤良孔殷分區屏中縣跨躡兼流采襟喉迹封甸五王奄酆畢析珪承羽傳不資魯俗移何得齊風変東山
富遊士北土无遺彥一言白璧輕片善黃金賤餘辰屬元巳消
愁追前諺特此頰豫遊須展城隅宴芳洲亘千里遠近光風扇
方權厚德重誰言薄遊倦梁庾肩吾三日侍蘭亭曲水宴詩
筞星依夜動鑾駕總朝遊旌門臨花樹相風出鳳樓春生露泥
泥天霞雲油油桃花生玉澗柳葉暗金溝禊川分曲洛帳殿掩
芳洲踊躍頳魚醉參差絳棗浮百戲俱臨水千鍾共逐流北齊邢子才三日華林
園公宴詩迴鑾自樂野弭蓋屬瑤池五丞接光景七反樹風儀芳春時欲遽覽物惜將移新萍已冒沼餘
花尚滿枝艸滋徑蕪没林長山蔽虧方筵羅玉俎激水漾金巵歌聲斷以續舞袖合還離隋盧思道上
巳禊飲詩山泉好風日城市厭囂塵聊持一罇酒共尋千里春餘光下幽桂夕飲舞青蘋何時出關後重

入人有林

隋江揔三日侍宴宣猷堂曲水詩 上巳娛春禊芳
辰喜月離北宮命簫鼓南館列旌麾繡柱擎飛閣雕軒傍曲池
醉魚沉遠岫浮棗漾清漪落花懸度影飛絲不碍枝樹動丹樓
出山斜翠磴危禮周羽爵遍樂闋光陰移

沈佺期三月三日梨園亭侍宴詩 九門馳道出三巳禊堂開畫鷁中川動青龍上苑來野花飄御座河柳拂天杯日晚迎祥處笙鏞下帝臺

序

晉王羲之三月三日蘭亭序 永和九年歲在癸丑暮春之初會于
會稽山陰之蘭亭脩禊事也羣賢畢至少長咸集此地有崇山
峻嶺茂林脩竹又有清流激湍映帶左右引以為流觴曲水列
坐其次雖无絲竹管絃之盛一詠一吟亦足以暢叙幽情是日
也天朗氣清惠風和暢仰觀宇宙之大俯察品類之盛所以遊
目騁懷足以極視聽之娛信可樂也

齊王融三月三日曲水詩序 青鳥
司辰條風發歲粵斯上巳惟暮之春禊飲之日在茲風舞之情
咸蕩載懷平圃乃睠芳林飛觀神行虛簷雲構離房乍設層樓

閒起負朝陽而抗殿跨靈沼而浮榮鏡文虹於綺疏浸蘭泉於
玉砌幽幽叢薄秩秩斯干新萍汎沚華桐發岫雜天采於柔荑
乱嚶聲於錦羽榮軒承幸清宮俟宴緹帷宿置帟幕宵懸旣而
滅宿澄霞登光辨色徐鑾警節鳴鐘暢音七萃連鑣九遊齊軌
爾乃迴輿駐軫岳鎮淵渟睟容有穆賓儀式序授几肆筵因流
波而成次蕙肴芳醴任激水以推移葆佾陳堦金匏在席咸奏
翹舞篇動邠詩召鳴鳥於弇州追伶倫於嶰谷清歌有闋羽觴
无筭上陳景福之賜下献南山之壽信愷宴於在藻知和樂於
食苹

梁簡文帝三日曲水詩序 竊以周成洛邑自流水以禊除晉集華林
同文軌而高宴莫不禮具義舉沓矩重規照動神明雍熙鍾石
是節也上巳屬辰餘萌達壤倉庚應律女夷司候爾乃分階樹
羽踈泉汎爵蘭觴沿泝蕙肴來往賓儀式序盛德有容舞豔七
盤歌浮六变遊雲駐彩仙鶴來儀都人野老雲集霧會結軫方
衢飛軒照日

五月五日第七

叙事 周處風土記曰仲夏端午烹

鷰角黍注云端始也謂五月五日進筒糉續齊諧記曰屈原五月五日自投汨羅而死楚
人哀之每至此日以竹筒貯米投水祭之漢建武年長沙歐回見人自稱三閭大夫謂回曰見祭甚善常苦蛟龍所竊可以■
楝葉塞上以綵絲約縛之二物蛟龍所畏一名角黍風土記曰以菰葉裹黏米以象陰陽相包裹未分散
一名糉子弄反亦作粽造百索繫臂風俗通曰五月五日以五綵絲繫臂者辟
兵及鬼令人不病溫又曰亦因屈原一名長命縷一名續命縷一名
辟兵繒一名五色縷一名五色絲一名朱索又
有條達等織組雜物以相贈遺孝經援神契曰仲夏繭始出婦人染練咸
有作務玉燭寶典云此節備擬甚多其來尚矣又有日月星辰鳥獸之狀文繡金縷帖畫貢獻所尊古詩云繞臂雙條達採
艾懸於戶上玉燭寶典云以禳毒氣荊楚歲時記曰宗則字文度常以五月五日未雞鳴時採艾見似

人處攬而取之用灸有驗是日競採雜藥夏小正此月蓄藥以蠲除毒氣蹋百草荊楚歲時記曰四人並蹋
百草今人又有鬬百草之戲競渡荊楚歲時記曰俗謂是屈原死汨羅日傷其死所並命將舟楫以拯之至今為
俗又越地傳云起於越王勾踐是月俗多禁忌蓋屋及暴薦席風俗
通云五月蓋屋令人頭禿又異苑云新野庾寔家嘗以五月暴席忽有一小兒死於席下俄失所在其後寔女子遂亡相傳彌
以為忌此二事通五月之事今附於此董勛問禮俗曰五月俗稱惡月俗多六齋放生按月令仲夏陰陽交死生分君子齋戒
正聲色節嗜慾

事對

祭屈 祠陳祭屈已見上敘事中謝承後漢書曰陳臨為蒼梧太
守推誠而理導人以孝悌臨徵去後本郡以五月五日祠臨東城門上令小童潔服舞之朱索 赤符
司馬彪續漢書曰五月五日朱索五色為門戶飾以止惡氣抱朴子曰或問辟五兵之道答以五月五日作赤靈符著心前
採朮 角黍養生要集曰朮味苦小溫生漢中南鄭山谷五月五日採周處風土記曰仲夏端午烹鶩

角黍范汪祠制曰仲夏薦角黍 浴蘭 懸艾 大戴礼曰五月五日蓄蘭為沐浴楚辭曰浴蘭湯兮沐芳

蕙宗懍荊楚記曰五月五日荊楚人並蹋百艸採艾以為人懸門戶上以攘毒氣故師曠占曰歲多病則艾艸先生也 厭兵 續命縷 裴玄新語曰五月五日集五綵繒謂之辟兵應劭風俗通曰五月五日續命縷俗說益人命

詩 梁王筠五日望採拾詩 裁縫逗早夏點晝守初晨綃紈既妍媚脂粉亦香新長絲表良節命縷應嘉辰結蘆同楚客採艾異詩人折花競鮮彩拭露染芳津含嬌起斜眄斂笑動微嚬獻璫依洛浦懷珮似江濱湏待恩光接中夜奉衣巾

北齊魏收五日詩 麥涼殊未畢蜩鳴早欲聞喧林尚黃鳥浮天已白雲辟兵書鬼字神印題靈文因想蒼梧郡茲日祀陳君

伏日第八

敘事 曆忌釋曰四時代謝皆以相生立春木代水水生木立夏火代木木生火立冬水代金金生水至於立秋以金代火金畏火故至庚日必伏庚者金也 陰陽書曰從夏至後第三庚為初伏第四庚為中伏立秋後初庚為後伏謂之三伏曹植謂之三旬 史記曰秦德公始爲伏祠荊楚歲時記曰伏日進湯餅名爲辟惡

事對 金藏 火升 曆忌釋曰伏者何也金氣伏藏之日夏侯湛大暑賦曰三伏相仍徂暑彤彤上无纖雲下无微風扶桑栀以增熿大火暐其南升

秦祠 漢擇 史記秦德公始為伏祠按漢書高帝分四郡之衆用良平之策還定三秦席卷天下蓋君子所因者本也論功定封加金帛重復寵異今自擇伏日不同凡俗

亢陽 徂暑 王虒之井賦曰三伏焦暑亢陽重授輕颷不扇纖雲不覆徂暑已見上火升注中

勞酒 薦瓜 漢書曰楊惲報孫會宗書曰田家作苦歲時伏臘烹羊炰羔斗酒自勞崔寔四人月令曰初伏薦麥瓜于祖禰

賜東方

祠黃石漢書曰東方朔為郎伏日詔賜諸郎肉朔獨拔劒割肉謂其同官曰伏日當早歸請受賜即懷肉而去上問朔曰賜肉不待詔而去何也上令自責朔曰受賜不待詔何无禮也拔劒割肉一何壯也割之不多又何廉也歸遺細君又何仁也上笑曰令生自責而反自譽復賜酒一卮肉百斤遺細君史記曰張子房始所見下邳圯上老父畀太公書者後十三年從高帝過濟北果見穀城山下黃石取而寶祠之留侯死并葬黃石每上冢伏臘祠黃石

【詩】程曉伏日詩平生三伏時道路无行車閉門避暑卧出入不相過今世禰衡子觸熱到人家主人聞客來顰蹙奈此何搖扇臂中疼流汗正滂沱傳戒諸高明熱行宜見歌

潘岳懷縣詩南陸迎脩景朱明送末垂初秋啓新節炎景方赫曦朝想慶雲興夕遲白日移揮汗辭中宇登城臨清池涼風自送集輕衿隨風吹靈圃曜華果通衢列高椅

七月七日第九

【敘事】周處風土記曰七月七日其夜灑掃於庭露施几筵設酒脯時果散香粉於河鼓爾雅曰河鼓謂之牽牛織女言此二星神當會守夜者咸懷私願或云見天漢中有奕奕正白氣有耀五色以此為徵應見者便拜而願乞富乞壽無子乞子唯得乞一不得兼求三年乃得言之頗有受其祚者吳均續齊諧記曰桂陽城武丁有仙道忽謂其弟曰七月七日織女當渡河吾向已被召弟問織女何事渡河荅曰暫詣牽牛世人至今云織女嫁牽牛是也又傅玄擬天問曰七月七日牽牛織女會天河荊楚歲時記曰七夕婦人結綵縷穿七孔針或以金銀鍮石為針宋孝武七夕詩曰迎風披綵縷向月貫玄針陳瓜果於庭

中以乞巧有喜子網於瓜上則以爲得世王傳曰竇后少小
頭禿不為家人所齒遇七月七日夜人皆看織女獨不許后出有光照室為后之瑞崔寔四方月令
曰七月七日作麴合藍丸及蜀漆丸暴經書及
衣裳竹林七賢論曰阮咸字仲容七月七日諸阮庭中爛然莫非錦綈咸時總角乃竪長竿標大布犢鼻褌於庭中
曰未能免俗聊復共爾**事對**泛星　飛月謝莊七夕詠牽牛曰容裔汎星漢逶迤濟煙潯
顏延之織女贈牽牛詩曰婺女麗經星姮娥棲飛月乘鶴　奔龍列仙傳曰王子喬見桓良曰告我家
七月七日待我緱氏山頭果乘白鶴山頭望之不得到舉手謝時人數日而去謝惠連七夕詠牛女詩曰留情顧華寢遥心逐
奔龍天路　星河徐爰詠牛女詩曰結彩彪天路顏芳菲靈臺王鑒七夕觀織女詩曰隱隱驅千乘闐
闐越星河雲川　漢渚王微七襄怨詩曰藻帳越星波玉飾渡雲川顏測七夕連句詩曰雲扃息遊彩

漢渚起[illegible]光鳳舄　鶴蓋漢武帝內傳曰七月七日西王母降武帝戴太真晨纓之冠履玄瓊鳳文
之舄劉楨魯都賦曰素秋二七天漢指隅日暮宴罷車騎就衢蓋如飛鶴馬如游魚羽車　雲輦神仙
傳曰吳蔡經去家時已老還更少壯頭髮皆黑語家中言七月十日王君當來至期曰王方平果來乘羽車駕五龍漢武帝內
傳曰帝登尋真之臺齋到七月七日夜忽見天西南如白雲起鬱鬱直來趨宮後頃西王母至乘紫雲之輦九光
燈　百子池漢武帝內傳曰七月七日乃掃除宮掖之內張雲錦之帷燃九光微燈夜二唱後西
王母駕五色之班龍上殿西京雜記曰戚夫人侍高祖至七月七日臨百子池青鳥來　赤龍
至漢武故事曰七月七日上於承華殿齋正中忽有一青鳥從西而來集殿前上問東方朔朔曰此西王母來有一青
鳥如烏侍王母傍列仙傳曰陶安公者六安鑄冶師也一朝火散上紫色衝天安公伏冶下求哀須臾朱雀止冶上曰安公冶
與天通七月七日迎汝以赤龍至安公騎之東南上**賦**南齊謝朓七夕賦金祗司矩

火曜方流素鍾登御夷則鳴秋朱光旣夕歛涼雲始浮盈夕露之
藹藹升夜月之悠悠步廣庭而延睞屬天媛而淹留嗟斯靈之
淑景招好仇於服箱屬白玉而為飾霏丹霞而為裳廻龍駕之
容裔亂鳳管之凄鏘軾帝車而捐玦凌天津而上翔悵漢渚之
夕漲欣河廣之旣梁嗟闌夜而難曉泣會促而怨長忌纖阿之
方駕忝長庚之未光撫鳴琴而脩浩浣安歌而自傷歌曰月殿
清兮桂觴肅雲幄靜兮香風浮龍
鑣蹀兮玉鑾整睠星河兮不可留 隋庾信七夕賦 兎月先上
羊燈次安覩牛星之曜景視織女之闌干於是秦娥麗妾趙艶
佳人窈窕名鸞逶迤姓秦嬿朝裝之半故憐晚拭之全新此時
併捨房櫳共往庭中縷條
緊而貫中針鼻細而穿空 詩 古詩曰 迢迢牽牛星皎皎河漢女纖纖擢素手軋
軋弄機杼終日不成章泣涕零如雨河漢清
且淺相去復幾許盈盈一水間脉脉不得語 晉潘尼七月
七日侍皇太子宴玄圃園詩 商風初授辰火微流朱明送夏少昊迎秋嘉木
茂園芳艸被疇於
時我后以豫以游 宋南平王劉鑠七夕詠牛女詩
秋動清風扇火移炎氣歇廣簷含夜陰高軒通夕月安步巡芳
林傾望極雲闕組幕縈漢陳龍駕凌宵發沉情未申寫飛光已
飄忽來對眇難
期今歡自茲沒 宋謝惠連七夕詠牛女詩 落日隱簷楹升月照
簾櫳團團滿葉露淅淅振條風蹀足循廣除瞬目矖曾穹雲漢
有靈匹弥年闕相從遐川阻眤愛脩渚曠清容投杼不成藻聳
轡騖前蹤昔離秋已兩今聚夕无雙傾河易迴斡欵情難
久悰沃若靈駕旋寂寞雲幄空留情顧華寢遙心逐奔龍 宋
王僧達七夕月下詩 遠山歛氛祲廣庭揚月波氣往風集隟秋還露泫柯節期既已屏中
宵振綺羅來歡詎
終夕收淚泣分河 謝靈運七夕詠牛女詩 火逝首秋節新明弦
月夕月弦光照戶秋首風入隟凌峰步曾崖憑雲肆遙
脉從倚西北庭竦踊東南觀紈綺无報章河漢有騣軛 梁簡
文帝七夕穿針詩 憐從帳裏出想見夜窓開針歛疑月暗縷散恨風來 梁柳惲
七夕穿針詩 代馬秋不歸緇紈无復緒迎寒理夜縫映月抽纖縷清露下羅衣秋風吹玉柱流景對秋

夕餘光欲難取

梁劉遵七夕穿針詩 步月如有意情來不自禁向光抽一縷舉袖弄雙針

梁劉孝威七夕穿針詩 縷乱恐風來衫輕羞指現故穿雙眼針特縫合歡扇

梁沈約織女贈牽牛詩 紅粧與明鏡二物本相親用持施點畫不照離居人往秋雖一照一照復還塵塵生不復拂蓬首對河津冬夜寒如是寧遽道陽春初商忽云至暫得奉衣巾施衿已成故每恥輒如新

梁王筠牽牛答織女詩 新知與生別由來儻相值豈如寸心中一宵懷兩事歡娛未繾綣倏忽成離異終日遙相望秖益生愁思猶想今春悲尚有故年淚忽遇長河轉獨喜涼飈至奔精翊鳳軫纖阿警龍轡

梁劉孝儀詠織女詩 金鈿已照曜白日未蹉跎欲待黃昏至含嬌渡淺河

梁何遜七夕詩 仙車駐七襄鳳駕出天潢月映九微火風吹百和香逢歡暫巧笑還淚已啼粧別離不得語河漢漸湯湯

梁庾肩吾七夕詩 玉匣卷懸衣針縷開夜扉姮娥隨月落織女逐星移

離前看促夜別後對空機得語離陵鵲填河未可飛

隋江總七夕詩 漢曲天榆冷河邊月桂秋婉孌期今夜飄颻渡淺流輪隨列宿動路逐綵雲浮橫波翻瀉淚束素反緘愁此時機杼息獨向紅粧羞

隋王眘七夕詩 天河橫欲曉鳳駕儼應飛落月移粧鏡浮雲動別衣愴逐今宵盡愁隨還路歸猶將宿昔淚更上去年機

張文恭七夕詩 鳳律驚秋氣龍梭靜夜機星橋百枝動雲路七香飛映月迴彫扇凌霞曳綺衣含情向華幄流態入重闈歡餘夕漏盡怨結曉驂歸誰念分河漢還憶兩心違

杜審言七夕詩 白露含明月青雲斷絳河天街七襄轉閣道二神過袨服鏘環珮香筵拂綺羅年年今夜盡機杼別情多

七月十五日第十

敘事 荊楚歲時記曰七月十五日僧尼道俗悉營盆供諸寺案盂蘭盆經云有七葉功德並幡花歌鼓果食送之蓋由此

事對

百味　五果　獻佛　供僧盂蘭盆經云目連見其亡母生餓鬼中即鉢盛飯往餉其母食未入口化成火炭遂不得食目連大呌馳還白佛佛言汝母罪重非汝一人所柰何當須十方衆僧威神之力至七月十五日當為七代父母厄難中者具百味五果以著盆中供養十方大德佛勑衆僧皆為施主祝願七代父母行禪定意然後受食是時目連母得脱一切餓鬼之苦目連白佛未來世佛弟子行孝順者亦應奉盂蘭盆供養佛言大善故後人因此廣為華飾乃至刻木割竹飴蠟翦綵摸花葉之形極工妙之巧

中元　大獻　幡幢　花果道經云七月十五日中元之日地官校勾搜選衆人分别善惡諸天聖衆普詣宮中簡定劫數人鬼傳錄餓鬼囚徒一時俱集以其日作玄都大獻於玉京山採諸花果世間所有奇異物玩弄服飾幡幢寶蓋莊嚴供養之具清膳飲食百味芬芳獻諸衆聖及與道士於其日夜講誦是經十方大聖齊詠靈篇囚徒餓鬼當時解脱一切俱飽滿免於衆苦得還人中若非如斯難可拔贖

【賦】**楊炯盂蘭盆賦**渾元告秋義和奏曉太陰望兮圓魄皎閶闔開兮涼風嫋四海澄兮百川晶陰陽肅兮天地窅掃離宮清重閣設皇邸張翠幕鳶飛鳳翔[illegible]陽倏爍雲舒霧布翕赫曶霍陳法供飾盂蘭壯神功之妙物何造化之多端青蓮吐而非夏頳果搖而不寒銅鐵鉛錫璆琳琅玕映以甘泉之玉樹冠以承露之金盤憲章三極儀形萬類上寥廓兮法天下安貞兮象地殫怪力窮神異少君王子掣曳兮若來玉女瑤姬翩僊兮不至鳴鸐鸖并鸞鷟舞鶤鷄并翡翠毒龍怒兮赫然狂象奔兮沉醉怖魍魎潛魑魅離婁明目不足見其精微匠石流心不足徵其奧祕繽繽紛紛氤氤氳氳五色成文若榮光休氣發彩於重雲蒨蒨粲粲煥煥爛爛三光壯觀若合璧連珠耿曜於長漢夫其遠也天台嵥起繞之以赤霞夫其近也削成孤峙覆之以蓮花昇兮瑤臺之帝室艷兮金闕之仙家其高也上諸天於大梵其廣也遍法界於恒沙上可以薦元符於七廟下可以納羣動於三車

九月九日第十一

【敘事】**荆楚歲時記曰九月九日四人並籍野飲宴**續齊諧記曰汝南桓景隨費長房遊學長房謂之曰九月九日汝南當有

大災厄急令家人縫囊盛茱萸繫臂上登山飲菊酒此禍可消景如言舉家坐山夕還見雞犬一時暴死長房曰此可代之今世人九日登高是也西京雜記曰漢武帝宮人賈佩蘭九月九日佩茱萸食餌飲菊花酒云令人長壽蓋相傳自古莫知其由玉燭寶典曰食餌者其時黍秋並收以因黏米嘉味觸類嘗新遂成積習周官籩人職曰羞籩之實糗餌粉餈干寶注曰糗餌者豆末屑米而烝之以棗豆之味今餌餻也方言餌謂之餻或謂之餈

事對

王酒 賈餌 檀道鸞續晉陽秋曰陶潛九月九日无酒於宅邊菊叢中摘盈把坐其側久望見白衣人乃王弘送酒即便就酌而後歸賈餌見叙事中

登山 坐湖 登山見叙事中顏測九日坐北湖聯句詩曰亭席歛徂蕙登酒汎初蘭

服黃華 佩赤實 太清諸草木方曰九月九日採菊花與茯苓松脂久服之令人不老禮記曰菊有黃華西京雜記曰九月九日佩茱萸令人長壽爾雅曰椒椴[redacted]茱郭璞注曰本艸茱萸一名椴而實赤細者

遊龍山 戲馬臺 孟嘉列傳曰嘉為桓溫參軍既知其政溫甚重之九月九日溫遊龍山參僚畢集風吹嘉帽落不覺如廁孫盛時在坐溫授紙筆命嘲之着嘉坐處嘉歸見之笑而請紙即荅了不容思南齊書曰宋武帝為宋公在彭城九月九日登項羽戲馬臺至今相承以為故事

賦

宋傅亮九月九日登凌囂館賦 歲九旻之暮月肅晨駕而朝逝度迴壑以停轅凌孤館而遠甛何物慘而節哀必雲悠而風厲悴綠蘩於清渚殞豐灌於荒瀎玩中原之芬菊惜蘭圃之凋蕙旌竹栢之勁心謝梧楸之零脆

詩

宋謝瞻九日從宋公戲馬臺 風至授寒服霜降休百工巢幕无留鷰遵渚有歸鴻輕霞冠秋日迅商薄清穹聖心眷嘉節鳴鑾戾行宮四筵霑芳醴中堂起絲桐扶光迫西汜餘歡宴有窮

宋謝靈運九日從宋公戲馬臺送孔令詩 季秋邊朔苦旅鴈違霜雪淒淒陽卉腓皎皎寒潭絜良辰感聖心雲旗興暮節鳴葭戾朱宮蘭巵獻時哲歸客遂海隅脫冠謝

朝列河流有急瀾浮驂无緩轍

齊王儉侍皇太子九日玄圃宴四言詩 秋日在房鴻鴈來翔寥寥清景藹藹微霜艸木搖落幽蘭獨芳眷言淄苑尚想濠梁既暢旨酒亦飽微猷有來斯悅无遠不柔

梁劉苞九日侍宴樂遊苑正陽堂詩 上郡良家子幽并遊俠兒立乘爭飲羽倒騎競紛馳鳴珂飾華眊金袍映玉羈瞻蓋彌海陸和齊眡秋宜雲飛雅樂奏風起洞簫吹曲終高宴罷景落樹陰移微薄承嘉惠飲德良不貲取効績无紀感恩心自知

梁王修己九日詩 霜威始落翠寒氣初入堂墮珠爛似燭懸梨疑夜光

梁劉孝威九日酌菊花酒詩 霜花疑始摘羅衣似適薰餘杯度不取欲持嬌向君

梁何遜九日侍宴樂遊苑詩 皇德无餘讓重規襲帝勛翻飛悅有道卉木荷平分神襟動時豫歲序屬涼氛城霞朝晃朗槐霧曉氛氳羽觴歡湛露佾舞奏承雲禁林終晚宴華池物色曛疏樹翻高葉寒流聚細文晴軒連瑞氣飛蓋御香芬

梁庾肩吾侍宴九日詩 輦迹光周頌巡遊盛夏功鈞陳萬騎轉閶闔九關通秋暉逐行漏朔氣遶相風獻壽重陽節回鑾上苑中疏山開輦道間樹出離宮玉醴吹岩菊銀牀落井桐飲羽山西射浮雲冀北驄塵飛金埒滿葉破柳條空

周王褒九日從駕詩 黃山獵地廣青門官路長律改三秋節氣應九鍾霜射馬垂雙帶豐貂佩兩璜苑寒梨樹紫山秋菊葉黃華露霏霏冷輕飈颯颯傷終軫屬車對空假侍中郎

隋江揔衡州九日詩 秋日正淒淒茅荻復蕭蕭姬人薦初醞幼子問殘疾園菊抱黃華庭榴剖珠實聊以著書情暫遣他鄉日

又九月九日至微山亭詩 心逐南雲逝形隨北鴈來故鄉籬下菊今日幾花開

賀敳奉和九月九日詩 商飈凝素篇玄覽貢黃圖曉霜驚斷鴈晨吹結棲烏寒花低岸菊涼葉下庭梧澤宮申舊典相圃叶前模玉砌分雕戟金溝轉鏤欄帶星飛夏箭映月上軒弧慶展簪裾洽恩融雨露濡天文發丹篆寶思掩玄珠承歡徒聳抃負弛竊忘軀

書 魏文帝與鍾繇

書歲往月來忽復九月九日為陽數而日月並應俗嘉其名以為宜於長久故以享宴高會是月律中无射言羣木庶艸无有射地而生於芳菊紛然獨華非夫含乾坤之純和躰芬芳之淑氣孰能如此故屈平悲冉冉之將老思飡秋菊之落英輔躰延年莫斯之貴謹奉一束以助彭祖之術

冬至第十二

叙事 玉燭寶典曰十一月建子周之正月冬至日南極景極長陰陽日月萬物之始律當黃鍾其管最長故有履長之賀沈約宋書曰冬至朝賀享祀皆如元日之儀又進履襪崔駰襪銘有建子之月助養元氣之事後魏北京司徒崔浩女儀云近古婦常以冬至日進履襪於舅姑皆其事也襪亦作秣並云伐反

作赤豆粥 歲時記云共工氏有不才子以冬至日死為人厲畏赤豆故作粥以禳之 周禮曰冬至日在牽牛景長一丈三尺夏至日在東井景長有五寸

事對

殷昴 升辰 尚書曰日短星昴以正仲冬孔安国注曰日短冬至之日也昴白武中星亦以七星並正冬之三節也傅亮冬至詩曰星昴殷仲冬短晷窮南陸春秋考異郵曰日冬至辰星升

如正 亞歲 崔寔四人月令曰冬至之日薦黍羔先薦玄冥以及祖禰其進酒肴及謁賀君師耆老如正日沈約宋書曰魏晋冬至日受万国及百寮稱賀因小會其儀亞於歲朝

陰化 陽升 禮記曰仲冬之月日短至陰陽爭諸生蕩鄭玄注云爭者陽欲施陰欲化爭成功也崔駰冬至襪銘曰陽升於下日永於天長履景福至于億年

陽歸 陰謝 養生要集曰南陽張平子云冬至陽氣歸内腹中熱物入胃易消化王讚皇太子會詩曰玄陰受謝青陽啓號氣以升新光以永照

珠星 璧月 漢書曰宦者淳于陵渠覆太初曆晦朔望最密五星如連珠應劭注云謂太初上元甲子夜半朔朝冬至時七曜皆會牽牛桓譚新論曰

曰從天元已來訖十一月朔朝冬至日月若連璧

視朔 **推元** 左傳曰僖公五年正月辛卯日南至公既視朔遂登觀臺以望而書禮也桓譚新論曰通曆數家筭法推考其紀從上古天元已來訖十一月甲子夜半朔冬至

寢兵 **肆樂** 五經通義曰冬至所以寢兵鼓商旅不行君不聽政事易通卦驗曰冬至始人主与羣臣左右從樂五日天下之衆亦家家從樂五日以迎日至之禮鄭玄注曰從者就也冬至君臣俱就大司樂之官臨其肆祭天圜丘之樂以為祭事莫大於此

書物 **候風** 左傳云凡分至啓閉必書雲物為備故也黃帝鍼灸經曰冬至日風從南來者名為虛賊傷人

諧律曆 **度晷景** 易通卦驗曰冬至始人主致八能之士或調黃鍾或調六律或調五行或調律曆或調陰陽或調正德鄭玄注曰致八能之士者言選於人衆之中取習曉者使之調焉諧調和之也司馬彪續漢書曰天子常以冬夏至日御前殿合八能之士陳八音聽樂均度晷景候鍾律權土炭効陰陽也

成三光 **周四極** 易通卦驗曰冬至成天文鄭玄注云天文謂之三光運行

照天下冬至而數訖於是時也祭而成之所以報也呂氏春秋曰冬至日行遠道周四極命之曰玄明天

詩

宋傅亮冬至詩 星昴殷仲冬短晷窮南陸柔荔迎時萋芳芸應節馥

宋袁淑詠冬至詩 連星貫初曆令月臨首歲薦樂行陰政登金贊陽滯收涼降天德萌華宣地惠司瑞紀夜晷書雲掌朝誓

宋鮑昭冬至詩 景移風度改日至晷遷換眇眇負霜鶴皎皎帶雲鴈

隋蕭愨奉和冬至應教詩 天宮初動磬緹室已飛灰暮風吹竹起陽雲覆石來祈冰開荔色除雲出蘭栽敷元宋王辨濫吹楚王臺

表

魏曹植冬至獻襪頌表 伏見舊儀国家冬至獻履貢襪所以迎福踐長先臣或為之須臣既玩其嘉藻願述朝慶千載昌期一陽嘉節四方交泰万物昭蘇亞歲迎祥履長納慶不勝感節情繫帷幄拜表奉賀并獻紋履七緉襪若干副上献以聞謹献

臘第十三

叙事

風俗通曰夏曰清祀殷曰嘉平周

曰大蜡漢曰臘臘者獵也因獵取獸以祭王燭
寶典曰臘者祭先祖蜡者報百神同日異祭也
又禮記曰天子大蜡八伊耆氏始爲蜡蜡也者
索也歲十二月合聚萬物而索饗之也八蜡者一先嗇
二司嗇三農四郵表畷五猫虎六防七水庸八昆虫**漢以戌日爲臘**魏臺訪議曰王者各以其
行盛日為祖衰日為臘漢火德火衰於戌故以戌日為臘**魏以辰**魏土德王土衰辰故以辰為臘**晉以**
丑晉金德金衰於丑故以丑為臘**左傳曰虞不臘矣**
嘉平
明祀史記曰秦惠文公十二年初臘始皇三十一年更名臘曰嘉平周處風土記曰進清醑以告蜡竭恭敬於明祀
魏丑　漢戌晉宋舊事曰魏帝遜位祖以酉日臘以丑日魏名臣奏曰大司農董遇議曰土行之

君故宜以未祖以丑臘爲得盛終之節不可以戌祖辰臘也應劭風俗通曰或曰臘接也新故交接狎獵大祭以報功也漢火
行衰於戌故以戌爲臘**祠竈　磔雞**漢書曰高祖十年春有司奏令縣道常以春二月及臘祠社稷
以羊竈王肅儀禮曰季冬大儺旁磔雞出土牛以送寒氣即今之臘除逐疫磔雞葦絞桃梗之屬**魏辰　晉**
丑魏臺訪議曰詔問何以用未祖丑臘臣崇對曰按月令孟冬十月臘先祖五祀謂薦田獵所得禽獸謂之臘左傳曰
虞不臘矣唯見此二者而皆不書曰聞先師說曰王者各以其
行之盛祖以其終臘水始生於申盛於子終於辰故水行之君
以子祖辰臘火始生於寅盛於午終於戌火行之君以午祖戌
臘木始生於亥盛於卯終於未故木行之君以卯祖未臘金始
生於巳盛於酉終於丑故金行之君以酉祖丑臘土始生於未
盛於戌終於辰故土行之君以戌祖辰臘今魏據土德宜以戌
祖辰臘晉起居注曰安帝安崇四年十二月辛丑臘祠作樂**勞農　縱吏**司馬彪續漢書曰季冬之
月星迴歲終陰陽已交勞農夫享臘以送故蔡邕獨斷曰臘者歲終大祭縱吏人宴飲也**薦禽　祭獸**

薦田獵所得禽已見上應劭風俗通曰周曰大蜡漢改曰臘田獵取獸祭祖**晨炊** **冬釀**干寶搜神
記曰宣帝時陰子房者至孝有仁恩嘗臘日晨炊而竈神形見子房再拜受慶家有黃羊因以祠之崔寔四人月令曰十月上
辛命典饋清麴釀冬酒以供臘祀也**祈五祀** **祭百神**禮記曰天子乃祈年于天宗大
割牲祠于公社及門閭臘先祀五祖許慎說文曰臘冬至後壬戌臘祭百神**詩**晉裴秀大蜡
詩日躔星紀大呂司辰玄象改次庶眾更新歲事告成八蜡報勤告成伊何年豐物阜豐禋孝祀介茲景福報勤伊何
農功是歸穆穆我后矜茲蒸黎飲饗清祀四方來綏充物郊甸鱗集京師交錯貿遷紛葩相追掺袂成幕連袵成帷有肉如丘
有酒如泉有肴如林有貨如山率土同懽和氣來臻[redacted]風叶順降祉自天方隅清謐嘉祚日延與民優遊亯壽万年**宋**
張望蜡除詩鮮冰迎流結凝溜垂簷霤人欣八蜡暢誰知歲聿盡**北齊魏收蜡**
節詩凝寒迫清祀有酒宴嘉平宿心何所道藉此慰中情

歲除第十四

敘事 呂氏春秋季冬紀注曰前歲一
日擊鼓驅疫癘之鬼謂之逐除亦曰儺論語曰鄉人儺
孔子朝服立於阼階張衡東京賦曰卒歲大儺**荊楚歲時記曰歲前又為藏**
鉤之戲辛氏三秦記云昭帝母鉤弋夫人手拳而国色今人學藏亦法此鉤亦作彄**事對** **宿**
歲 **迎年**荊楚記曰歲暮家家具肴蔌詣宿歲之位以迎新年相聚酣飲**去故** **納新**
荊楚記曰留宿歲飯至新年十二月則棄之街衢以為去故納新也**詩** **唐太宗守歲詩**
暮景斜芳殿年華麗綺宮寒辭去冬雪暖帶入春風階馥舒梅素盤花卷燭紅共歡新故歲迎送一宵中**又詩**歲陰
窮暮紀獻節啓新芳冬盡今宵促年開明日長冰消出鏡水梅散入風香對此歡終宴傾壺待曙光**於太原**
召侍臣賜宴守歲詩四時運灰琯一夕變冬春送寒餘雪盡迎歲早梅新**梁庾**

肩吾歲盡應令詩歲序已云殫春心不自安聨開栢葉酒試奠五辛盤金薄圖神鷰朱泥印鬼丸梅花應可折惜為雪中看

薛道衡歲窮應教詩故年隨夜盡初春逐曉生方驗從軍樂飲至入西京

初學記卷第四

初學記卷第五

地部上

錫山安國校刊

揔載地第一

敘事 抱朴子云太極初搆清濁始分故天先成而地後定白虎通云地者元氣所生萬物之祖也淮南子云天有九部八紀地有九州八柱河圖括地象曰崑崙山爲柱氣上通天崑崙者地之中也地下有八柱柱廣十萬里有三千六百軸互相

牽制名山大川孔穴相通 九州之外有八埏淮南子云東方曰沙海東南方曰沅澤南方曰丹澤西方曰泉澤西北方曰海澤北方曰塞澤東北方曰无通澤河圖曰凡天下有九區別有九州中国九州名赤縣即禹之九州也上云九州八柱即大九州也非禹貢赤縣小九州也 八埏之外有八紘淮南子云東北方之紘曰和丘曰荒土東方之紘曰棘林曰桑野東南之紘曰大窮曰衆女南方之紘曰都廣[redacted]阪西南方之紘曰焦僥曰炎土西方之紘曰金丘曰沃野西北之紘曰一目曰沙所方之紘曰積冰曰委羽 八紘之外有八極淮南子云東北方曰方土之山曰蒼門東方曰東極之山曰開明門東南方曰波母之山曰陽門南方曰南極之山曰暑門西南方曰編駒之山曰白門西方曰西極之山曰閶闔之門西北方曰不周之山曰幽都門北方北極之山曰寒門 八極之廣東西二億三萬三千里南北二億三萬一千五伯里夏禹所治四海內地東西二萬八千里南北二萬六千里

地東西爲緯南北爲經周礼又云東西爲廣南北爲輪爾雅云東
至于泰遠西至于邠國南至于濮鉛北至于祝
栗謂之四極九夷八狄七戎六蠻謂之四海言所
居近於海篡要云嵩高泰衡華恒謂之五岳江河淮濟
謂之四瀆上中下謂之三壤山林川澤丘陵墳
衍原隰爲五土周礼大司徒辨五地之物一曰山林其動物宜毛物其植物宜早物二曰川澤其動
物宜鱗物其植物宜膏物三曰丘陵其動物宜羽物其植物宜覈物四曰墳衍其動物宜介物其植物宜莢物五曰原隰其動
物宜蠃物其植物宜叢物物理論云地者其卦曰坤其德曰母
其神曰祇亦曰媼大而名之曰黃地祇小而名

之曰神州亦名后土黃地祇舉八極之內地神州王畿方千里內地神也后土社也社地
主也所在皆得言之也

事對

坤元 祇位易曰至哉坤元萬物資生含弘光大品物咸亨
河圖曰地之位起形於崑崙從廣萬里高万一千里神物之所生聖仙之所集廣大 博厚易曰廣大
配天地变通配四時莊子曰夫地非不廣且大也人所容足耳礼記曰博厚所以載物也高明所以覆物也博厚配地高明配
天八柱 九則河圖曰天有九部八紀地有九州八柱天地精通神明列序也離騷曰地方九則何
以墳之注云墳分也謂之九州之地凡九品禹何以能分別之乎經緯 廣輪家語曰地東西爲緯
南北爲經山爲積德川爲積形周礼大司徒掌天下土地之圖知九州之地域廣輪之數五物 十形
五物義見前叙事注楊泉物理論曰夫土地皆有形名而人莫察焉有龜龍躰有麟鳳貌有弓弩勢有斗升象有張舒形有塞
閉容有隱真之安有累露之危有膏英之利有埒埇之害此十形者氣勢之始終陰陽之所極也母德 媼

神 楊泉物理論曰地者其神曰祇其卦曰坤其德曰毋漢書曰惟泰元尊媪神蕃釐經紀天地作成四時注云媪地神

絕維 演絡 列子曰共工氏與顓頊爭爲天子怒而觸不周山天柱折地維絕地不滿東南故百川歸焉而爲渤海張衡西京賦曰尔乃振天維演地絡盪川瀆簸林薄

亥步 章極 山海經曰帝令竪亥步自東極至西極五億十万九千八百八步天地之東西二万八千里南北二万六千里淮南子曰禹使大章步自東極至于西極二億三千五百里七十五步

四柱 九圍 張華博物志曰崑崙東北地轉下有八玄幽都方二十餘万里地下有四柱廣十万里地有三千六百軸互相牽制洛書曰人皇始出於提地之口九男兄弟相像以別長九州爲九圍人皇乃有中州制八輔

流謙 貴貞 易曰地道變盈而流謙漢書曰天道貴信地道貴貞不信不貞万物不生

政本 物祖 管子曰地者政之本也是知地可以正政也地不平均和調則政不可正也白虎通曰地者元氣之所生万物之祖也地之言施也諦也應施變化審諦不設敬始重終故謂之地

方輿 大舟 宋玉大言賦曰方地爲輿圓天爲蓋河圖曰地恒動不止譬如人在大舟上閉牖而坐舟行而人不覺

取財 成化 礼記曰地載物天垂象取財於地是以尊天而親地易曰凡天地之數五十有五所以成變化而行鬼神

銅儀 金柱 續漢書曰張衡作地動儀精銅以鑄其器圓徑八尺形似酒樽中有都柱傍行八道施關發機外有八龍首銜銅丸蟾蠩承之其機関巧制皆在樽中關令內傳曰地厚万里其下得太空太空四角下有自然金柱輒方員五千里也

七表 九域 河圖曰天有五行地有五岳天有七星地有七表張衡靈憲曰元氣剖判清濁異位地定於內而躰於陰地有九域山川聖人始紀綱而後經緯

行馬 御驥 易曰牝馬地類行地无疆王弼注云乾以龍御天坤以馬行地孫楚祖道詩曰御天惟龍御地以驥利有攸往不期而至

養材 敏樹 史記曰顓頊養材以任地載時以象天礼記曰人道敏政地道敏樹鄭注云樹謂植草木

東傾 右動 離騷曰康回憑怒地何故以東南傾王逸注曰共工怒觸不周山地柱折故傾也春

秋元命苞曰天左旋地右動 **驪市** **秦樞** 辛氏三秦記曰驪山始皇陵作地市生死人交易市平不得欺死人云秦五地市有斷馬利袁淑劾白馬篇曰騎劒何翩翩長安五陵間秦地天下樞八方湊才賢 **無私載** **有大利** 礼記曰天无私覆地无私載日月无私照楊泉物理論曰凡居地有大利而无小害者上地也

九地 **五土** 楊雄太玄經曰九地一為沙泥二澤澆三征崖四下田五中田六上田七下山八中山九上山范子計然曰夫地有五土之宜各有高下鄭玄注孝經曰分別五土視其高下若高田宜黍稷下田宜稻麥丘陵坂險宜種棗栗 **九阿** **四野** 穆天子傳曰天子西征至于九阿阮籍詩曰鶩風振四野回雲蔭堂除張華詩曰遊目四野外逍遙獨延佇

論 **西晉裴秀禹貢九州地域圖論**

圖書之設由來尚矣自古垂象立制而賴其用三代置其史掌其職暨漢祖屠咸陽丞相蕭何盡收秦圖籍今秘書既无古之地圖又无蕭何所得秦圖唯有漢氏所畫輿地及諸雜圖各不設方率又不正唯望亦不備載名山大川其所載列雖有麤形皆不精審不可依據或稱外荒迂誕之言不合事實於義无取今新地圖之躰有六一曰分率所以辨輪廣之度也二曰唯望所以正彼此之躰也三曰道里所以定所由之數也四曰高下五曰方邪六曰迂直此三者各因地而制行校夷險之故也有圖象而无分率則无以審遠近之差有分率而无唯望雖得之一隅必失之他方雖有唯望而无道里則施於山海絶隔之地不能相通有道里无高下方邪迂直之校則徑路之數必與遠近之實相違矣此六者參而攷之然後遠近之實定於分率彼此之實定於唯望徑道之實定於道里度數之實定於高下故雖有峻山巨海之隔絶域殊方之迥登降詭曲之回皆可得舉而定者世

啓 **梁昭明太子謝勑賚地圖啓**

漢氏輿地形茲未擬晉代方丈比此非妙匹之長樂唯畫古賢儔之未央止圖將帥未有洞該八藪混觀六合域中天外指掌可求地角河源戶庭不出豈謂千秋自識鳥九之地脫遂壯武方著博物之書

讚 **宋何承天地讚**

九州攸同時惟禹跡爰及後代疆分里析貢則屢遷名猶不易

文 **顏師古神州地祇祝文**

維其年敢

昭告于神州地祇惟祇包函區夏載負群生溥彼域中賴茲厚
德式遵舜典揀此元辰敬以玉帛犧牲粢盛庶品明献厥誠備
茲禋瘞

總載山第二

叙事

國語云山者土之聚也爾雅云土高有石曰山釋名云山產也言產生萬物說文云山宣也宣氣散生萬物有名而高象形也韓詩外傳云夫山萬人之所觀仰材用生焉寶藏植焉飛禽萃焉走獸伏焉育群物而不倦有似夫仁人志士是仁者所以樂山也釋名云山頂曰冢亦曰巔亦曰椒山脊曰岡山大而高曰嵩（嵩高称也今中岳嵩山盖依此亦作崧）小而高曰岑銳而高曰嶠

里而大曰扈小而衆曰巋上大下小曰巘山有草木曰岵（音戶）無草木曰垓（古零反）石載土曰岨土載石曰崔嵬（此因形而名之）山東曰朝陽山西曰夕陽（隨日照而名之）山足曰麓山穴曰岫山邊曰崖崖之高曰巖上秀者曰峯陬濁高者曰巴山坡曰坂山三襲曰陟山再成曰坯山中絕曰陘未及上曰翠微（一說山氣青縹色曰翠微）山屬曰嶧（言絡繹相連今魯国有嶧山純石相積構連屬成山盖謂此也）山狹而高曰巒巒山曰隋（他果反謂山形長狹者荊州又謂之巒詩云隋

山喬岳土山曰阜阜厚也言其高厚曲阜曰阿大阜曰陵小陵曰丘山精曰夔亦曰跂亦曰雲陽祭山曰庪角毀反自山項曰冢巳下並出說文釋名爾雅三書

事對

蒙險 含澤楊文易卦序論云險而止山也險而動泉也動靜皆蒙險故曰山春秋說題辭曰山之爲言宣也含澤布氣調五神也

銀溢 金涌漢書曰殷得金德銀自山溢蘇林注曰溢出也闞令尹喜內傳曰五百歲天下名山一開開時金玉之精涌出

石鏡 玉臺山謙之吳興記曰臨安縣東五里石鏡山東有石鏡一所徑二尺四寸甚清亮張僧監潯陽記曰石鏡山東有一員石懸崖明淨照見人形鄧德明南康記曰雩都君山有玉臺方廣數丈

崖館 雲府盧諶詩曰遐舉遊名山松喬共相追層崖成崇館峕阿結重闈庾肅之山讃曰懸崖杳翳神明攸居官府風雲懷吐川渠

石閭 金闕漢書曰武帝禪石閭謝靈運太山吟曰石閭何晻藹明堂秘靈篇史記曰燕昭王使

人求蓬萊方丈瀛洲此三山黃金白銀爲宮闕

霞壁 雲峯荊州圖副曰丹雀山高可三十丈北臨丹水赤壁如霞孔曄會稽記曰四明山高峯軼雲連岫蔽日

五臺 九室酈元注水經曰溥池水西注五臺山北其山五峦巍然故号玉臺玉匱曰青城山名九室之天

九坂 千巖張璠漢記曰梁冀聚土築山十里九坂世說曰顧長康從會稽還人問山川之美顧云千嵒竟秀

五女 兩童楊雄蜀本紀曰秦王獻美女於蜀王蜀王遣五丁迎五女見大虵入山穴中五丁引虵山崩五女上山化爲石魏文帝登山遠望詩曰西山一何高望望殊不極上有兩仙童不飲亦不食

仙宮 神闕王韶之南康記曰雩縣有君山大風雨後聞絃管声其山謂之仙宮鄭德明南康記曰歸美山高數百丈遠望嵳峩靈闕騰空故老謂之神闕

出日 落星山海經曰東海之外大荒中有山名大谷日月所出山謙之南徐州記曰臨沂縣前有落星山今云班瀆即綠江圖所謂落星浦

貞嶠 方壺列子曰渤海之東有壑其中山曰貞嶠拾遺記曰海中三山一名方壺方

丈二曰蓬壺蓬萊三曰瀛洲形如壺上廣下狹**車蓋** **香鑪**山謙之吳興地記曰烏程縣車蓋山山東舊有殷康所立亭矚望極佳郭仲産南雍州記曰望楚山有三磴道上磴道名香鑪峯**鑿室** **臨榭**楚詞曰鑿山楹以爲室下披衣於水府又曰疊臺累榭臨高山**天台** **地首**劉敬叔異苑曰會稽天台山路遐遠自非忘形不能躋也河圖曰崑崙之山爲地首**天目** **地胏**山謙之吳興記曰於潛舊縣天目山極高險且長遠與宣城懷安並分山爲界謝靈運遊名山志曰地胏山者王演山記謂之木榴山一名地胏永嘉郡記曰地胏山在樂城縣東大縣中去岸百餘里**青丘** **丹穴**山海經曰青丘之山其陽多玉其陰多青雘有獸如狐九尾有鳥如鳩佩之不惑又曰丹穴山丹水出焉有鳥如鶴五采而文名曰鳳鳥不飲不食自歌自舞見則天下安寧**視三公** **植萬物**礼記曰天子祭名山大川五岳視三公鄭玄注曰視者牲器之數韓詩外傳曰山者萬人之所瞻仰草木生焉萬物植焉飛鳥集焉走獸伏焉

賦

唐太宗小山賦何四序之交運轉三陽之暮時風蕣暄而入暑樹替錦而成帷想蓬瀛兮靡覿望崑閬兮難期抗微山於綺砌横促嶺於丹墀啓一圜而建址崇數尺以成坯既无秀峙之勢本乏雲霞之資承墜宇之殘霤挂低空之斷絲爾乃參差絶巘戚紆短逕風暫下而將飄烟繞高而不瞑寸中孤嶂連還斷尺裏重峦欹復正岫帶柳而合雙眉石澄流兮分兩鏡爾其移芳植秀擢幹抽莖松新翠薄桂小丹輕細影雜兮俱亂弱勢夾兮共縈繞有力以勝蝶本无心而引鸎半葉舒而崗暗一花散而峯明何纖微之同景亦卑細以相成於是換浮槎於沉思賞輕仁於勝地俯蟻垤而有餘仰終南而多愧非爲固於九折庶无虧於一簣聊夕翫而朝臨足攄懷而蕩志

梁江淹江上之山賦瀟瀁潁溶兮楚水而吳江刻劃嶄崒兮山雲而碧峯挂青蘿兮萬仞竪丹石兮百重百重兮崗崿如斲兮如削嶤嶷兮尖出崟崒兮穴鑿波潮兮吐納嵁崖兮積沓見紅草之交生眺碧樹之四合草自然而千華樹无情而百色嗟人道之異茲牽憂恚而來逼懷爐炭於片景抱絲緒於一息俗逐事而變化心應物而迴旋既歔欷以未悟亦緯繣而已遷伊人壽兮幾何譬流星之霄天悵日暮兮吾有念臨江上之斷山雖不敏

而无操願從蘭芳兮與玉堅

詩

唐太宗詠小山詩近谷交縈葉遥峯對出蓮徑細无全磴松小未含煙

梁庾肩吾賦得山詩層雲靇峻嶺絕澗倒危峯刻削臨千仞嵯峩起百重行曦上杳杳結霧下溶溶仁心留此屬休奉愧羣龍

周蕭撝上蓮山詩獨邁青蓮嶺超竒紫蓋峯挂流遥似鶴插石近如龍沙崩聞韻鼓霜落似鳴鍾飛花蒲叢桂輕吹起脩節石蒲今尚有採摘更相逢

陳蕭詮賦得往往孤山映詩曰青山照落暉映遠望蓮飛仙峯看玉笥關路視金微鼓吹声疑盡香爐烟覺稀共君臨水別勞此送將歸

陳釋惠標詠山詩靈山蘊麗名秀出寫蓬瀛香鑪帶煙上紫盖入霞生霧捲蓮峯出嵩開石鏡明定知丘壑裏併佇白雲情

又蛾眉信重險天目本仙居金華抱丹竈玉笥蘊神書幽人披薜荔怨妾採蘼蕪紫嵩无暮雨何時送故夫

又丹霞拂層閣碧水泛蓬萊鼇嶺岫含烟聳蓮崖照日開松門夾細葉石磴染新苔能今平子見淹留未肯回

蕭愨奉和望山應教詩

仙遊本多趣復此上秋初嵩低石倒險嶺高松更疎峯形疑鳥翅塞路似狼居矚望情无已詞殫意有餘

隋李德林詠山詩登嶺望重閞罥珮且鳴環天河臨易飲月桂近將攀王母仙山至夫人南岳還何必[illegible]臺下要待夢容顏

隋劉斌詠山詩雪山峙千仞蔽日且嵯峩紫盖雲陰遠香鑪烟氣多石梁高鳥路瀑水近天河欲知闘道里別自有仙歌

序

宋謝靈運遊名山志序夫衣食生之所資山水性之所適今滯所資之累擁其所適之性耳俗議多云歡足本在華堂枕嵓漱流者之於大志故保其枯槁余謂不然君子有愛物之情有救物之能橫流之弊非才不治故有屈已以濟彼豈以名利之場賢於清曠之域耶語万乗則鼎湖有縱轡論儲貳則嵩山有絕控又陶朱高揖越相留侯願辝漢傅推此而言可以明矣

泰山第三

叙事

案泰山五岳之東岳也博物志云泰山一曰天孫言爲天帝孫也主召魂東方萬

物始成故知人生命之長短五經通義云一曰岱宗言王者受命易姓報功告成必於岱宗也東方萬物始交代之處宗長也言爲羣岳之長白虎通云王者受命必封禪封者增高也禪者廣厚也禪除地爲墠字本爲墠以其祭神故從示皆刻石紀號著己之功績以自効也天以高爲尊地以厚爲德故增泰山之高以示報天禪梁甫之阯以報地史記曰无懷氏封泰山禪云云伏犧封泰山禪云云神農封泰山禪云云炎帝封泰山禪云云黃帝封泰山禪云云顓頊封泰山禪云云帝嚳封泰山禪云云堯封泰山禪云云舜帝封泰山禪云云禹封泰山禪會稽周成王封泰山禪社首秦始皇封泰山禪梁甫漢武帝封

泰山禪梁甫肅然及蒿里石閭後又凡五脩封泰山後漢書曰光武封泰山禪梁甫凡云云亭肅然蒿里社首梁甫皆泰山下小山也石閭在西嵓下漢官儀及泰山記云盤道屈曲而上凡五十餘盤經小天門大天門仰視天門如從穴中視天窻矣自下至古封禪處凡四十里山頂西巖爲仙人石閭東巖爲介丘東南巖名日觀日觀者雞一鳴時見日始欲出長三丈所又東南名秦觀秦觀者望見長安吳觀者望見會稽周觀者望見齊黃河去泰山二百餘里於祠所瞻黃河如帶若在山阯山南有廟悉種柏千

株大者十五六圍相傳云漢武所種小天門有
秦時五大夫松見在茅君內傳云仙家凡有三十六洞在岱宗之洞周迴三千里名曰三
宮空洞之天

事對

仙閭 神府漢書曰武帝封泰山禪石閭應劭注曰石閭在泰山下南
方士人言仙人閭道書福地記曰泰山多芝草玉石下有洞天周迴三千里鬼神之府 雲闕 天門
袁崧後漢書曰光武封泰山雲氣成宮闕漢官儀曰泰山東上七十里至天門 五祠 三廟漢書曰五
岳四瀆皆有常祀河於臨晉江於江都淮於平氏齊於臨邑界中皆使者持節特祠唯泰山與河歲五祠江水四餘皆一禱而
三祠伍緝之從征記曰泰山有上中下三廟廟前有大井水極香冷異於凡水不知何代所掘 日觀 天
孫日觀見敘事張華博物志曰泰山天帝孫也主召人魂 石閭 玉几漢書曰武帝禪石閭
劉向列仙傳曰岱宗石室中上下懸絕其中金牀玉几 金篋 玉簡風俗通曰古封泰山禪梁甫說

岱宗上有金篋玉策能知人年壽脩短漢武帝探策得十八因到讀曰八十其後果壽長八十劉義恭詩曰大明總神武乘時
以御天金牒封梁甫玉簡禪岱山 魯瞻 秦觀毛詩曰泰山巖巖魯邦所瞻秦觀見敘事 鄭
祀 吳觀左傳云鄭伯請釋泰山之祀而祀周公杜預注曰鄭有助祭泰山湯沐邑在祊吳觀事見上
虞柴 兗鎮虞書曰歲二月東巡狩至于岱宗柴周官曰兗州其鎮山曰岱山 雲封
雨坂史記曰漢武帝封泰山白雲起封中又曰秦始皇上泰山中坂遇風雨 鉏父 芝童葛洪
神仙傳曰泰山下老父者失其姓名漢武帝東遊見老父鉏於道閒頭生白光曹植飛龍篇曰晨遊泰山雲霧窈窕忽逢二童
顏色鮮好乘彼白鹿手翳芝草 千樹 三宮泰山記曰泰山廟在山南悉種栢樹千株茅君內傳曰岱
宗山之洞周迴三千餘里名三宮空洞之天 神房 香井尸子曰泰山之中有神房阿閣香井事見
上三廟法中 稷丘君 崔文子劉向列仙傳曰稷丘君者泰山下道士漢武東巡泰山乃擁琴來

拜又曰崔文子泰山山人好黃老術潛居山下作黃丸賣藥有疫氣者飲藥即愈

鑿石金　探玉策

崔鴻前秦録曰處士張忠隱于泰山岩棲谷飲脩導養之法鑿石爲金泰山人于今法之探玉策事見上金篋注

詩　**李義府在巂州遥叙封禪詩**　天齊標巨鎮日觀啓崇祠岩嶤臨澥隱嶙控河沂建岳誠爲長升功諒在茲帝猷符廣運玄言暢文思飛声總地絡載化撫乾維瑞策開珎鳳禎圖薦寶龜東后方肆覲西都導六師天駕移星苑楊旱馭風司沸鼓喧平陸疑碑靜通遠汶陽馳月羽裳陰警電轁岧花飄曙疊峯葉蕩春旗石閭環藻衛金壇映黼帷仙階溢祕■靈檢燿祥芝三始貽遐貺万歲受重鼇非質陶恩將奕趍迹奉軒墀觸綱淪幽裔秉微限明時周南昔已歎卬西今復悲

宋謝靈運泰山吟　岱宗秀維岳崔崒刺雲天岞崿既嶮巇石軿邐綿登封瘞崇壇降禪藏肅然石閭何晻藹明堂祕靈篇

祭文　**後魏孝文帝祭岱岳文**　維太和十九年敢昭告于泰山東岳之靈造化氛氳是生二儀玄黃既闢山川以離四流含靈五岳苞祇并兼万象出納望羲岱岳宗穹崇梁甫盤崛青丘碕嶬春阯爵律肇生庶類啓光品物上敷神工下融靈秩載協化文四氣以溢一日王鐫成莫不茲室

後魏高允祭岱宗文　維皇興二年敢昭告于岱宗之靈正阯坤元作鎮東夏齊二儀以永固崇至德以配天故能資元氣以造物協陰陽而變化若其嵩嶺峭峙川谷幽深神怪譎詭倏忽百靈吐納風雲育成万品攝生之所歸焉禎祥之所萃焉是以歷代帝王之崇封禪銘功以告其成七十二君咸在茲焉自非功侔造化應同自然孰能若此者哉自我国家肅恭禋祀懷柔百神邦域之内罔不咸秩往以天路未夷雖望祭有在今大化既同奄有淮岱謹薦于岳宗之靈尚饗

衡山第四

敘事　周官荊州其山鎮曰衡山徐靈期南岳記及盛弘之荊州記云衡山者五岳之南岳也其來尚矣至于軒轅乃以灊（音潛）霍之山爲

其副焉故爾雅云霍山爲南岳蓋因其副焉（或云衡山一名霍山）至漢武南巡又以衡山南遠道隔江漢於是乃徙南岳之祭于廬江灊山此亦承軒轅副義也（千寶搜神記云漢武徙南岳之祭著廬江灊縣之霍山郭璞爾雅注云霍山在廬江郡潛縣別名天柱山漢武以衡山遼遠讖緯以霍山爲岳故祭之）故南岳衡山朱陵之靈臺太虛之寶洞上承冥宿銓德鈞物故名衡山下踞离宮攝位火鄉赤帝館其嶺祝融託其陽故号南岳周旋數百里高四千一十丈東南臨湘川自湘川至長沙七百里九向九背然後不見禹治

水登而祭之因夢遇玄夷使者遂獲金簡玉字之書得治水之要山有三峯其一名紫蓋天景明澈有一雙白鶴徊翔其上一峯名石囷下有石室中常聞諷誦聲一峯名芙蓉上有泉水飛流如舒一幅練山海經云衡山一名峋嶁山其上多青雘鳥多鸜鵒（峋音矩嶁音縷）

事對

紫蓋　朱陵（紫蓋朱陵並見叙事）

九向　三峯（羅含湘中記曰衡山遥望如陣雲沿湘千里九向九背三峯見叙事）

舜歌　禹嘯（羅含湘中記曰衡山九疑皆有舜廟太守至官常遣戶曹致敬修祀則如有絃歌之声趙華吳越春秋曰禹傷父功不成乃案黃帝中經曆蓋見聖人所記曰在于九疑山東南天柱号曰宛委山赤帝在闕其巖之巔）

承以文玉覆以磐石其書金簡青玉爲字編以白銀皆瑑其文
禹乃東廵登衡山血白馬以祭之仰天而嘯忽然而卧夢見赤
繡文衣男子稱玄夷蒼水使者顧謂禹曰欲得我山神書者清
齋於黃帝之岳嵓嵓之下禹乃退齋三月以季之日登宛委山
發石取書 **石囷 寶洞** 臧榮緒晉書曰劉驎之好遊山澤採藥至衡山深入忘返見有一澗水水南有
二石囷一開一閉水深不得過室洞見叙事 **玉字 石書** 玉字見叙事徐靈期南岳記曰夏禹導水
通瀆刻石書名山之高南岳文云高四千一十丈 **靈臺 仙宇** 靈臺見叙事衡山赤帝館其嶺祝融
宅其陽威神堂堂蔭映巖巖是以宅藪神靈室宇仙羅 **峻坡 秀壁** 馬融琴賦曰惟梧桐之所生兮
在衡山之俊坡桓玄南遊衡山序曰崇峦峭以雲繞竦秀壁於蒼眉 **執書 遺字** 盛弘之荊州記
曰初有採藥衡山見一老翁四五年少對坐執書劉敬叔異苑
曰湘東姚祖太元中爲郡吏經衡山望嵓下數少年並執筆作
書祖謂行旅休息乃過之未至百步少年相與飛
颺遺一紙書在坐處前數句古時字自後皆鳥■ **結宇 憩**

輿 孫嚴宋書曰宗炳尋名山西陟荊巫南登衡岳因結宇衡
山欲懷尚平之志桓玄南遊山詩序曰姑洗之旬始暨衡
岳憩輿素石映濯水湄 **神宅 仙巖** 神宅見上仙宇注仙巖見下謝靈運詩 **鳥書**
鶴舞 鳥書見上遺字注羅含湘中記曰衡山有懸泉滴瀝嵓間声泠泠如絃者白鶴迴翔其上如舞 **詩** **東**
晉庾闡遊衡山詩 北眺衡山道南瞻五嶺末寂坐抱虛恬運目情四豁翔虯凌九霄陸鱗困
濡沫未躰江湖遊安識南濵闊 **宋謝靈運衡山詩** 嵓下一老翁四五年少者衡山採藥人路
迷粮亦絶遇息嵓下坐正見相對説一老四五少仙隱不可別其書非世教其人必賢哲 **序** **東晉桓玄**
南遊衡山序詩 歲次降婁夾鍾之初理檝將遊于衡嶺涉湘千里林阜相屬清川窮澄映之流涯涘
无纖埃之穢脩途逾邁未見其極窮日所經莫非奇趣姑洗之
旬始暨于衡岳於是假足輕輿霄言載馳軒塗三百山徑㣲通
或垂柯跨谷俠献交蔭或曲溪如塞已絶復開或乘長嶺邈眺
遥曠或憩輿素石映濯水湄所以欣然奔悦求路忘疲者觸事

而至也俯瞻翠華標邈爾天際身凌太清獨交霞景周覽
畢頓策嵩阿管絃並奏清徵再響思古永逝神氣未言

華山第五 敘事 案華山五岳之西岳也周官豫州
其鎮山曰華山華山記云山頂有池生千葉蓮
花服之羽化因曰華山又白虎通云西方華山少陰用事万物生華故曰華山山
海經曰一名太華太華之山削成而四方高五
千仞其廣十里薛綜注西京賦云華山對河東
首陽山黃河流於二山之間古語云此本一山
當河河水過之而曲行河神巨靈以手擘開其
上以足蹈離其下中分爲兩以通河流今覩手

跡於華嶽上指掌之形具在脚跡在首陽山下
亦存焉郭緣生述征記及華山記云山下自華
岳廟列栢南行十一里又東廻三里至中祠又
西南出五里至南祠南入谷口七里又至一祠凡欲昇山者皆祈禱焉
又南一里至天井天井纔容人上可
長六丈餘出井如望空視明如在室窺窻矣出
井東南二里至峻坂斗上又東上百丈崖皆須
攀繩挽葛而後行又西南出六里又至一祠名
胡越寺神又行二里便届山頂上方七里有靈

泉二所一名蒲池一名太上泉池北有石鼓嘗
聞其鳴其上有三峯直上晴霽可覩

事對 二

華 四方張衡西京賦云綴以二華謂太華少華也少華在華山西山海經云泰華之山削成而四方
地載 神開禮記曰天地之道博也厚也載華岳而不重振河海而不洩郭緣生述征記曰華岳與首陽山本一山河神巨靈析開爲二事具在叙事中
豫鎮 秦城周官曰豫州其鎮山曰華山漢書曰賈誼過秦論曰秦王纘六代之餘烈振長策而御宇內然後踐華爲城因河爲池
四合 二峯華山記曰華山高嶌四合重嶺秀起郭緣生述征記曰華山有二峯直上數千仞自下小峯疊秀迄于嶺表有如削成
蓮峯 栢箭華山記曰華山頂生千葉蓮花韓子曰秦昭王令工施鉤梯而上華山以松栢之心爲博箭長八尺棊長八寸而勒之曰昭王嘗與天神博於此棊作綦非
玉版 金液崔鴻前燕錄曰石季龍使人採

藥下華山得玉版列仙傳曰馬明生從安期先生受金液神册方乃入華陰山合金液不樂升天但服半劑爲地仙
騎龍 駕鹿列仙傳曰呼子先者漢中關下卜師壽百餘歲臨去呼酒家嫗急裝有仙人持二茅狗來至先將一與酒嫗俱騎之乃龍也二華山常於山大呼言子先酒母在此神仙傳曰衛叔卿常乘雲駕白鹿見漢武帝將臣之叔卿不言而去帝悔求得其子度世令追其父度世登華岳見其父與數人博於石上勑度世令還
石鼓 玉漿華山記云華山頂有石鼓父老傳云嘗有聞其鳴者郭璞讚曰華岳靈峻削成四方爰有神女是挹玉漿
歸馬 遺璧尚書曰歸馬于華山之陽放牛于桃林之野示天下弗服史記曰秦始皇三十六年鄭客從關東來至華陰望見素車白馬從山上下知其非人止而待之遂至持璧與鄭客曰爲我遺鎬池君明年祖龍死
天井 石榻水經注曰華山中路名天井纔容人行迂迴頓曲而上可高六丈餘山上有微涓細水流入井中亦不沾人出井望空視明如在室窺窻列仙傳曰脩羊公者魏人止華陰山石室中中有懸石榻卧其上石盡穿陷
捫蝨 持

狗崔鴻前燕錄曰王猛隱華山桓溫入關猛被褐而詣之一面談當世之事捫蝨而言傍若無人持狗已見騎龍注中

毛女　巨靈列仙傳曰毛女者在華陰山中山客獵師世世見之躰生毛自言秦始皇宮人巨靈見叙事中

五里霧　千葉蓮范曄後漢書曰張楷字公超隱居弘農山學者隨之所居成市能爲五里霧後華山南遂有公超霧市千葉蓮見叙事

集靈宮　望仙門桓譚仙賦序曰華山下有集靈宮漢武帝欲懷集仙者故名殿爲存仙門爲望仙

詩　隋孔德紹行經太華詩

紛吾世網暇靈岳展幽尋寥廓風塵遠杳冥川谷深山昏五里霧日落二華陰踈峯起蓮葉危塞隱桃林何必東郡外此處可抽簮

沈佺期西岳詩

西鎮何穹崇壯哉信靈造諸嶺皆峻秀中峯特美好傍見巨掌存勢如拓東倒頹聞首陽去開拆此河道磅礴壓洪源嵬峩截清昊雲泉紛亂瀑天磴硌横抱子先呼其巔宮女世不老下有府君廟歷戴傳洒掃皇明應天遊十月戒豐鎬微末忝閑從兼得事蘋藻佰心愛玆山意欲拾靈草陰壑已永閉雲竇絶探討芳月期再來迴策思方浩

序　後漢張旭華嶽碑序易曰天地定位山澤通氣然則山莫尊於岳澤莫崇於瀆岳而有五而華處其一瀆而有四而河在其數其爲靈也至矣人主慶興必有其應故岱山石立中宗繼統太華授璧秦胡絶緒布五方則受其西列三條則居其中若廣猷奇出山經有紀經有望秩之禮典有生殖之祀蓋所以宗山川而報功也四海一統天子秉其祀諸侯力政強國攝其祭其奉邑曰華陰久矣

西晉傅玄華嶽碑序

易稱法象莫大乎天地天以高明爲稱而岳配焉地以廣厚爲名而岳躰焉若夫太華之爲鎮也五岳列位而在其首三條分方而處其中故兩儀以比德協和氣之絪緼濟雲行而雨施與雷風以動物是以聖帝明王莫不燔柴加牲尊而祀焉

讃　東晉郭璞太華讃華岳靈峻削成四方爰有神女是挹玉漿其誰遊之龍駕雲裳

恒山第六

叙事　案恒山五嶽之北嶽也周官并州其鎮山曰恒山風俗通曰恒常也萬物伏北方

有常亦謂之常山白虎通曰北方爲常山者何陰終陽始其道常久故曰常山爾雅曰常山謂之恒山五岳圖云恒山高三千九百丈七尺上方三十里周廻三千里有太玄之泉神草十九種服之可度世管子云其山北臨代南俯趙東接河海之間早生而晩殺五穀之所蓄熟四種五穫焉後魏書云道武立廟於其上置侍祀九十人歲時祈禱水旱至文成帝東巡親禮其神焉

事對

趙符　燕玉史記曰趙簡子謂諸子曰吾藏寶符於常山中往得者立爲後諸子皆覓往无所得无恤曰常山臨代代可取也簡子曰是知符矣遂立之崔鴻前燕録曰慕

容儁壽光二年常山寺大樹根下得璧七十圭七十三光色精奇有異常玉儁以為神岳之命以太牢祠之

率然　神護孫子兵法曰常山之蛇名曰率然一身而兩頭擊其一頭則一頭至擊其中則兩頭俱至神農本草曰常山有草名神護置之門上毎夜叱人

珪璧　蓬蔂珪璧巳見上燕玉注中烈仙傳曰昌容者常山道士自稱殷女食蓬蔂根往來山下見者二百餘年顏色如二十許人

臨代　俯趙事並見叙事中

虞巡　并鎮虞書曰十有一月北巡狩至北岳如西礼并鎮見叙事

兩頭蛇　五穫穀兩頭蛇事見率然注中五穫穀事見叙事中

畢昴之精　趙代之境春秋元命苞曰畢散為冀州分為趙国立爲常山宋均注曰常山即恒山也是畢昴之精又曰趙国有常山臨代也

無恤得符　昌容得道得符事巳見趙符注昌容事巳見蓬蔂注

詩

西晋程咸詩奕奕恒山作鎮冀方伊趙建国在岳之陽

周王褒渡河北詩秋風吹木

葉遠似洞庭波常山臨代郡亭障繞黄河心悲
異方樂腸絶隴頭歌薄暮臨征馬失道北山阿

【文】唐太宗

祭北岳恒山文

維大唐貞觀十九年以太牢之奠敬祭于
恒岳之靈次蒼蒼元氣紀三光而成象茫
茫后土鎮五岳以成形衡岱啓東南之趾嵩華表西中之固惟
靈山之秀峙亘朔野而標奇獸嘯龍騰風雲之所吐納霓裳鶴
盖神仙之所往還疊嶂參差疑烟含翠重岡紛糺照日分紅絶
壁千尋孤峯万仞桂華侵月松蘿挂雲幽澗冬暄飛泉夏冷宝
符臨代邦之美靈蛇表陣勢之奇鑠石七年无以虧其大含波
九載不能損其高巍巍乎與乾坤而永固隱隱乎横古今而不
絶屬以援旗趙郊誓師巽
土敢薦牲玉惟神饗之

後魏孝文帝祭恒岳文

維太
和十八年敬昭告于恒岳之靈天極構高人暉肇啓幽明合歡
百神同悦今龍旆鳴鑾載還伊室邁歷恒峦路隣陰岳惟靈作
鎮出納炎氷帝道資功坤儀憑德故
遣兼官以牲玉薦于恒岳之靈尚饗

嵩高山第七

【叙事】案嵩高山者五岳之中岳也釋
名云嵩高字或爲崧山大而高曰嵩白虎通云中
央之岳獨加高字者何中央居四方之中高
故曰嵩高山續漢書云漢武帝禮登中岳聞有
言万歲声於是以三百户封奉祠命曰崇高邑
至後漢靈帝復改崇高爲嵩高焉戴延之西征
記云其山東謂太室西謂少室相去十七里嵩
其摠名也謂之室者以其下各有石室焉少室
高八百六十丈上方十里與太室相埒但小耳
雜道書云自岳神廟東北二十里至一山名曰

東龍門其東有三臺山昔漢武東巡過此山見學仙女帝觀之遂以名焉南有許由山高大四絶其北有潁水堯聘許由其處猶有壇墠昔周靈王太子晉好吹笙作鳳鳴遊伊洛間道人浮丘公接上嵩山三十餘年往來緱氏山緱氏山近在嵩山之西也漢世有道士從外國將具多子來於嵩高西脚上種之有四樹與衆木有異一年三花白色香美

事對

二室 三臺 二室太室少室也已具叙事中三臺山漢武帝立名在嵩山上事已具叙事中

神岳 天鎮 詩曰嵩高維岳峻極于天維岳降神生甫及申庾闡建武頌曰邈彼華岱維岳之峻嵩嵩高大配天作鎮

金璧 鳳鶴 孫嚴宋書曰高祖表曰沙門釋法義於嵩高廟所石壇下得玉璧三十二枚黄金一鉼符彩潤潔河南太守毛脩之以靈岳降瑞送諸神府列仙傳曰王子喬周靈王太子晉也好吹笙作鳳鳴浮丘公接上嵩高三十餘年後見桓良曰告我家七月七日待我緱氏山頭果乘白鶴駐山頭望之不得到乃舉手謝時人而去

玉人 金像 盧元明嵩山記曰岳廟畫為神像有玉人高五寸五色甚光潤制作亦佳莫知早晚所造盖岳神之像相傳謂明公山中人悉云屢常失之或經旬乃見仙經云嵩高山大嵓下有佛圖奇妙有一大金像在中來語寺僧寄公寄公時在嵩寺寺在嵩山脚下聞之欣然即與人披林求索時白霧昏迷寄公荒迷失路一往看之即入山中唯見一麏麝香出入三四步側足雙跳步步迴顧復去十步中有青炎出就視之有自然天地

石牀 銅銚 潘岳関中記曰嵩高山石室十餘孔有石牀池水食飲之具道士多遊之可以避世盧元明嵩山記曰嵩山最是栖神之靈藪長松緑栢生於嶺澗左右古人住此處有銅銚器物東北出雲有自然五

穀神芝仙藥　**乘龍**　**控鶴**　漢武內傳云武帝夜夢與李少君俱上嵩山半道有繡衣使乘龍持節從雲中下言太一請少君竟乃告近臣曰如朕夢少君將舍朕而去控鶴事已具前鳳鶴注又孫登天台賦曰王喬控鶴以冲天

玉漿　**石髓**　劉義慶世說曰嵩高山北有大穴晉時有人誤墮穴中見二人圍棊下有一杯白飲与墮者飲氣力十倍棊者曰汝欲停此否墮者曰不願停棊者曰從此西行有天井其中蚊龍但投身入井自當出若餓取井中物食之墮者如言可半年乃出蜀中因洛下問張華華曰此仙館夫所飲者玉漿所食者龍穴石髓

白霧　**青炎**　並見前金像注中

登仙臺　**万歲亭**　戴延之西征記曰漢武帝於太室山作登仙臺及万歲亭

吹笙王子　**衣繡使者**　吹笙王子見上鳳鶴注衣繡使者見上乘龍注

種花道士　**圍棊仙人**　種花道士見叙事圍棊仙人見玉漿注

月光童子　**鬼谷先生**　嵩山記曰月光童子常在天台亦來於此又曰鬼谷先生於嵩山東南學仙

詩

唐宋之問奉使嵩山途經緱嶺詩

侵晨發洛陽城中歌吹声畢景至緱嶺嶺上烟霞生草樹饒野意山川多古情大隱德所薄歸來可退耕

祭文

宋范泰為宋公祭嵩山文

劉裕敬薦中岳之靈惟岳作鎮中畿擬天比峻降祉發輝宣和陰陽道達幽微既曰輒順示[redacted]厥違霜露所均万人是依不以虛薄志歸不庭仰紆王趾係拯黎甿望嶺懷仁践境延情金璧之贈愧懼交盈思樂時雍終憑威靈舊都既清三秦期廓豈惟人謀仰亦冥略逝將言旋自雍徂洛何以寄懷一卮清酌珪璧云乎深誠攸記

後魏孝文帝祭嵩高山文

維太和十八年敬昭告于嵩高中岳之靈太極分渾兩儀是生辰作乾宗岳樹坤靈昭彰天地吐納五精唯中挺神祥契幽經日月交暉寒暑遞成万象合和兆類藝盈爰自化闢俶慶肓庭軒轅曜哲伊祁載形逮于有周實光洛禎川嶽龍光山隱鳳停三才憑微七曜依明人倫傾首百神彙誠造厥區夏歷兹三正應符代績孰不斯營曰乎皇魏飛虬玄并蟠騰穹象用九黔黎新邦與略丕猷罔清佗瓔指陰淹翠濕亭河洛曠覽

升中闕銘朕承法統誕邀休宏開物成務載鑠成齡遝宇栿方闢繩壓城則直之與百堵若星日躔流馥月陸芬馨鍘旋紫宿景曜黃衡鸞聲嘒嘒鸞和嚶嚶歸盖如雲還輈若霆惟嵩崑崑峻極昊青惟邑翼翼長啓魏京薦玉告于用昭永貞納茲多福万国以寧

終南山第八

叙事 五經要義云終南山長安南山也一名太一又漢書曰太一山古文以為終南山潘岳關中記云其山一名中南言在天之中居都之南故曰中南毛詩秦風終南詩亦云終南周之名山中南山也福地記云其山東接驪山太華西連太白至于隴山北去長安城八十里南入楚塞連屬東西諸山周迴數百里名曰福地辛氏三秦記云其山從長安向西可二百里中有石室靈芝常有一道士不食五穀自言太一之精齋潔乃得見之而所居地名曰地肺可避洪水相傳云上有水神人乘船行追之不及猶見有故漆舡者秦時四皓亦隱於此山

事對 玉堂 石室 福地記云終南太一山在長安西南五十里有玉堂陽宮辛氏三秦記曰太一在驪山西山之秀者也中有石室常有一道士不食五穀自言太一之精秦州記曰太一山古文以爲終南山 匿綺 潛嘉 皇甫謐高士傳曰四皓綺里季等共入商洛隱地肺山以待天下定漢高祖徵之不至乃深自匿終南山崔鴻前秦録曰王嘉不食五穀清虛服氣潛隱終南山獨菴廬而止 張樂 表都 漢書曰王莽下書曰紫閣

圖云太一臺黃帝皆得仙而上天張樂崑崙虔山之上後杜聖
天得瑞者張樂奏於終南山上班固西都賦曰在據函谷二崤
之阻表以太華終南之山

神水 福地 辛氏三秦記曰終南山一名地肺可避洪水俗人云山上有水神人乘舡行追之不及福地記曰終南太一山在長安西南五十里左右四十里內皆福地

崔崒 巍峩 張衡西京賦曰終南太一崇㟧崔崒傅玄敘行賦曰終南鬱以巍峩太幽夌乎昊蒼

地肺 膝舡 並見前敘事中

巃嵸 嵯峩 潘岳西征賦曰九嵕巀嶭太一巃嵸太一即終南也孫楚登樓賦曰青石連岡終南嵯峩

有條有梅 有屺有堂 詩秦風云終南何有有條有梅又曰終南何有有屺有堂

賦

漢班固終南山賦 伊彼終南巋巀嶙囷槩青宮觸紫辰嶔崟鬱律萃于霞雰暧䨴晻藹若鬼若神傍吐飛瀨上挺脩林玄泉落落密蔭沉沉榮期綺季此焉恬心三春之季孟夏之初天氣肅清周覽八隅皇鳳鸑鷟警乃前驅尔其珍怪碧玉挺其阿密房溜其巔翔鳳哀鳴集其上清水泌流注其前彭祖宅以蟬蛻安期饗以延年唯至德之為美我皇應福以來臻埽神壇以告誠薦珍馨以祈仙嗟茲介福永鍾億年

詩

唐太宗望終南山詩 重巒俯渭水碧嶂插遙天出紅扶嶺日入翠貯岩烟疊松朝若夜複岫缺疑全對此恬千慮无勞訪九仙

周宇文昶陪駕幸終南山詩 尭盖臨河䫉漢蹕踐華嵩日斾廻北鳳呈旆轉南鴻青雲過宣曲先駈背射熊金桴拂泉底玉琯吹雲中古輙稱難極新途或易窮烟生山欲盡潭淨水恒空交松上連霧脩竹下來風仙才道无別靈氣法能同東秦羞朝座西桃献夜宮詔令王子晋出對浮丘公

隋胡師耽登終南山擬古詩 結廬終南山西北望帝京烟霞乱鳥道劣見長安城宮雉互相映雙闕雲間生鐘鼓沸閶闔笳管咽承明朱閣臨槐路紫蓋飛縱橫望望未極已甍牖秋風驚嵓岫草木黃飛鴈遺寒声墜葉積幽徑繁露垂荒庭宂中酒新熟澗谷寒虫鳴且對一壺酒安知世間名寄言市朝客同君樂太平

楊師道賦終南山同風字韻應詔詩 睿言

懷隱逸轍駕踐幽叢白雲飛夏雨碧嶺横春虹草緑長楊路花踈五柞宮登臨日將晚蘭桂起香風

銘

周庾信終南山義谷銘 周保定二年大冢宰晉国公命鑿石開谷下南山之材惟

公匡濟彝倫弘敷庶績爽理餘暇披閱山經以爲終南悖物日月虧蔽栝柏杶榦椅桐梓漆年代蘊積于何不有乃謀山澤之官兼列衡虞之匠東出藍田則控灞乗滻西連子午則據涇浮渭泒別入溪分流九谷銅梁四注石關雙聳青綺春門溝渠交映緑槐秋市舟楫相通運以宜宮裁其梓匠豈如運石丹泉栽通梁陽之殿穿渠谷水直澆金墉之城国富人殷方傳千載立功立事敢勒山阿銘曰寥廓上浮崢嶸下鎮立壁千丈横峯万仞松桂危懸風泉虛韻乗輿嶺坂舉鍤雲根八溪分注九谷通源北含銅井南浮石門横鴻大河銀繩百堵膠葛九成徘徊千柱桂棟淩波梅梁垂雨疏川奠嶺落實摧柯事均刊木功侔鑿河

石第九

敘事

釋名云山體曰石石硌硌也硌音落堅捍硌也山多大石曰礐口學反礐學也大石之形學學然山多小石曰磝五交反磝磽也每石磽磽獨處而出見也春秋說題辭云周易艮爲山爲小石石陰中之陽陽中之陰陰精輔陽故山含石石之爲言託也託立法也物理論云土精爲石石氣之核也氣之生石猶人筋絡之生爪牙也釋名云礫音歷小石也磊雷罪反衆石也碭杜浪反文石也琅玕石似珠也出尚書注碔砆石似玉也出廣雅星隕爲石出春秋水沫爲浮石抱朴子云燒泥爲瓦燔木爲炭蜂窠爲蠟

水泆爲浮石凡此皆去其柔脆変為堅剛石解散曰泐音勒周礼曰石有時而泐石有嘉
石肺石肺浮廢反周礼以嘉石平罷民注云嘉石文石也以肺石達窮民凡遠近嬛獨老幼之欲有復於上而其
長弗達者立於肺石注云肺石赤石也注云窮民天民之窮而无告者磁石抱朴曰磁石引針石鯨
石鷰石麟石羊石狗石牛石雞石犀石駱
駞石師子石人石橋石塘石牀石室石柱石
闕石閭石案石函石鼓石槨石樓石盤石
印石墨石硯石鏡石砮石磬

事對

補天 佐
岳列子曰天地亦物也有不足石以補其闕王隱晉書曰陳總遷殿中侍御史詔遣詣終南山請雨總先除小石祠祟
存大石一所而祈之上文曰峩峩大石佐岳通理含滋吐潤惠我四海

越履 蜀鏡盛弘之荊州記

曰興安縣水邊有平石其上有石櫛石履各一具俗云越王渡
溪脫履墮櫛於此楊雄蜀本紀曰武都丈夫化爲女子顏色美
好盖山之精也蜀王娶以爲妻无幾物故於成都郭中葬之以石鏡一枚徑二丈高五尺

督郵 亭長

劉義慶幽明録曰宜都建平二郡之界有五六峯參差互出上
有倚石如二人像攘袂相對俗謂二郡督郵爭界於此張敏奇
士劉披賦曰盖土龍不可以升天石人不任爲亭長容皃雖似蹄足難獎

款梓 扣桐

樂資春秋傳曰
秦始皇使者鄭容將入函關見華山有素車白馬疑之鬼神熟
視問鄭容曰安之荅曰之咸陽素車上人曰吾華山使願託一
牘書致鎬池君所子之咸陽道過鎬池見一大梓有文石取款
梓當有應者即以書与之鄭容如其言以石款梓樹果有人來
耴書劉敬叔異苑曰晉武帝時吳郡臨平岸崩出一石鼓打之
无声以問張華華曰可取蜀中桐材刻作魚形扣之則鳴於是
如言声聞數十里

宋隕 晉言

左傳隕石于宋五隕星也杜預注曰但言星則嫌星使石隕故
重言隕星又曰石言于晉魏榆晉侯問於師曠曰石何故
言對曰臣聞作事不時怨讟動於人則有非言之物而言

化

女　望夫 劉義慶幽明録曰陽羨縣小吏吴龕有主人在溪南甞以一日掘頭舟過水溪内忽見一五色
浮石取内牀頭至夜化成一女子又曰武昌北山上有望夫石
狀若人立古傳云昔有貞婦其夫從役遠赴国難攜弱子餞送
此山立望夫而化為立石因以爲名焉

紙臼　書研 庾仲雍湘州記曰應陽縣蔡子池南有石
臼云是蔡倫舂紙臼劉澄之江州記曰興平縣蔡子池南有石穴深二百許丈石色青堪爲書研

仙博

帝棋 仙博見華山事對内駕鹿注張華博物志曰桃林在弘農湖城縣休馬之山有石焉名曰帝臺之棋五色而文
狀如雞卵

井龜　印鵲 郭頒魏晉俗語曰長沙王又封常山王至国掘井入地四丈得白玉玉下
有大石其上有靈龜長二尺餘干寶搜神記曰常山張顥為梁
相天新雨後有鳥如山鵲飛翔入市人擲之墮地人爭取化為
一圓石顥椎破得一金印文曰忠孝侯印

浮磬　列錢 尚書曰泗濵浮磬孔安国注云泗水
濵涯也水中見石可以爲磬抱朴子曰浮磬息音未别於衆石
洞冥記曰漢武帝生時有雀羣翔於灞城門改為青雀門乃飾

以錦文石為列錢之形

秦梁　漢柱 郭緣生述征記曰秦梁地名也或云秦始皇東巡弗行舊
道過此水率百官已下人提一石以填之俄而梁成今覩所累
石元造作之處三輔故事曰秦造作橫橋漢承後置承令石柱
以南屬京兆北屬右扶風各分其半

神鞭　仙跡 三齊略記曰秦始皇作石橋欲過海看日
出處有神人能驅石下海石去下不速神輒鞭之皆血流酈
元注水經曰思陽川水東有獨山北有嵓嵓上有人坐跡山
腹石上有兩手跡山下石上有兩脚跡俗名之爲仙人山也

飲羽　覆書 韓詩外傳曰楚熊渠
子夜行見寢石以爲伏獸彎弓射之沒金飲羽吴越春秋曰禹
案黄帝中經見聖人所記曰在乎九疑上東南号曰宛委承以
文玉覆以盤石其書金簡玉字禹乃退齋三日發石取書

昆明魚　零陵鷰 西京
記曰昆明池刻石為鯨魚每至雷雨魚常鳴吼顫凱之啓蒙記曰零陵郡有石鷰得風雨則飛如真鷰

肅慎砮　臨海矢 帝王記曰周成王時肅慎氏來献楛矢石砮長尺有咫異物志曰夷州土无銅鐵取

磨礪青石以作弓矢此石砮楛矢之類

賦

陳張正見石賦 連山蔽虧巨石嶔崎上興雲而蔚薈下激水而推移舒丹霞於九折混白露於三危鎮方城於漢水固天闕於湯池依島屿而綿邈住溪壑之嶮巇爾乃蘊怪含靈懷奇蓄变獸形鳥像畜身人面已化陳倉之雞復舞零陵之鸞迎一童於洛陽之水送五婦於成都之縣帝王歘而投壷仙人坐而高歗架滄海之神塘儼夷陵之端埸發黃金之祕簡隱白玉於仙牀雙立天門之郡特起縉雲之堂李廣射而為獸初平叱以成羊圖孔明之八陣亘吳橋之三梁鶩神人於武落駭商客於麗塘

詩

梁朱超詠孤石詩 侵霞去日近鎮水激流分對影疑雙闕孤生若斷雲過風靜華浪騰烟起薄曛雖言近七嶺獨高成不群

梁蕭推賦得翠石應令詩 依峯形似鏡構嶺勢如蓮映林同綠柳臨池乱百川碧苔終不落冊字本難傳有邁東明上來遊皆習仙

陳陰鏗詠石詩 天漢支機罷仙嶺博棊餘零陵舊是鸞昆池本學魚雲移蓮勢出苔駭錦文疎還當穀城下別自解兵書

陳標法師詠孤石詩 中原一孤石地理不知年根含彭澤浪頂入香炉烟崖成二鳥翼峯作一[redacted]蓮何時發東武余來鍊蠡川

陳高麗定法師詠孤石詩 迥石直生空平湖四望通嵒隈恒灑浪樹杪鎮摇風偃流還漬影侵霞更上紅獨拔群峯外孤秀白雲中

隋崔仲方奉和周趙王詠石詩 玉繩隨月落金碑映日鮮入江疑濯錦出峽似開蓮文馬河西瑞兵符濟北篇會逐靈槎上還歸天漢邊

隋岑德潤賦得臨階危石詩 當階聳危石殊狀宕難名帶山疑似獸侵波或類鯨[redacted]雲峯臨棟起蓮影入簷生楚人終不識徒自蘊連城

隋虞茂賦得詠石詩 蜀門聳遐阻燕碣遠參差獨標千丈峻共起百重危鏡峯含月梟蓋嶺逼雲枝徒然抱貞介塡海竟誰知

蘇味道詠石詩 濟北甄神況河西濯瑞文声應天池雨影觸岱宗雲瓶歸猶可候羊起自成群何當掘靈髓高枕絕囂氛

五卷終